かの地
ka no chi

那里
nali

王海平 著
Wang Haiping
北都はる・北川遥 訳
Hokuto Haru　Kitagawa Haruka

白帝社
Hakuteisha

前書き

私の作品を日本の皆さんに紹介して頂き、心より感謝します。これは一種の心を込めたコミュニケーション（談心）と言えるかもしれない。

現在、中国は大きな変革期を迎えている。その変化は、家庭から社会まで、考え方から行動様式まで、そして最も本質的な価値観と倫理観にまで及んでいる。これらを観察し、これらを記録し、これらについて思考をめぐらすのは興味深いことだ。

私のこの作品群はその記録、観察、思考の中から誕生したものである。

「母語」で語っているのは、代理出産事件が家庭、夫婦仲、道徳観念に与えた影響と衝撃である。人間性がむき出しにされ、痛みと試練にさらされる。この映画がもしも日本で公開される機会があるならば、皆さんは、そこから現代の中国の家庭において、どんな変化が起きているのか知ることになるだろう。

「かの地」では、架空のストーリーを通じて皆さんに、権力、愛、名誉を手にした現代の中国人青年が、生死をめぐる体験を経た後に知りえたものについて語っている。物質的な生活が満たされたとき、心はどれだけの空しさを感じるものなのか、人の心のよりどころはどこに存在するのか―。これは切実なテーマである。

「飛天伝奇」が描くのは、同じく旅路にある人の心のうち、一人の旅人のラブストーリーである。芸術と愛の狭間にいる一人の天才の苦しみと喜びを描いた。

「莎草塀」は一つの回答といっていいかもしれない。中国の母親たちは愛と誇りのため、いつの時代も強く生きている。偉大な母親は人類全体の知性と精神を体現するものだ。子のためには一切を投げ出す覚悟を持っている。母親そのものが精神であり、家庭であり、それらはほかのどこかにあるものでもないのだ。

これは現代中国の縮図である。歴史から抜け出し、未来に向かって歩んでいる。歩むのはアジア人の道ではあるが、それは人類全体の共同の物語といっていい。

この物語は始まったばかりだ。日本の皆さんにも興味を抱いていただけると幸いである。

王海平

かの地

目次

かの地

北京北部のとある谷間に、かの地と呼ばれるリゾート地がある。会議施設、宿泊施設などのあらゆる施設がそろい、ゲームやボーリング、テニス、歌やダンスなどの娯楽も楽しめる。中央には湖があり、湖畔の小屋から日の出や夕日を見たり、遠くの山や森を眺めるのもまた格別だ。しかし、最も神秘的なのは山のトンネルを越えた向こう側にある場所だ。その場所があるからこそ、ここはかの地と呼ばれている。そこには多くの鬱病患者が、一週間ほど滞在するだけで体も心もすっかりリフレッシュし、仕事に復帰するという話だ。失恋したばかりの人も、憂鬱だったことを忘れて新しい恋をする。さらに、いつも上司に嫌われていた人が、かの地から戻ったあとは上司と良い関係を築くことができ、トントン拍子に出世したという信じられない話もある。しかし、費用は一週間で三万元とかなり高額で、三つの体験は一種につき一万元かかるという。

許観は鬱病でもなければ、失恋もしていない。上司には目をかけられ、基本的に問題のない状態だった。強いて言えば、異常に冒険好きで、時々現状に不満を感じることがあり、子供っぽいほどロマンチストなところがあった。友人からは、優雅さと庶民性を合わせもち、ひとたび酒が入ると、完全に〝詩の世界〟に入り込んでしまうと思われていた。彼はネットで見つけた「かの地――それは新しい命の体験。十年に値するほど価値のある一週間」というキャッチコピーに心を動かされ、十月のゴールデンウィークに予約を入れた。ところが、それに強引について行きたがったのが、付かず離れずの恋人常茜茜だった。彼はしぶしぶそれを了承したが、今度はそれを知った彼女の友人陸黙岩が一緒に行くと言い出した。陸黙岩はメランコリックで感受性の強いタイプだ。大学時代に同じ宿舎だったせいか、二人はかたい絆で結ばれており、お互いにお菓子やアクセサリーをプレゼントし合うような仲だった。陸黙岩が参加を決めると、今度はその弟の陸屹岩も、姉が心配なので一緒に参加したいと言い出した。こうして四人のチームができあがった。

十月一日、四人は車に乗ってかの地へやってきた。ハゼノキとカエデに覆われた美しい燕山。かの地はその山中にあった。

リゾート地に到着したのは朝の十時ごろで、美しい風景の中、山ぎわにいくつもの建物が並んでいた。建物はどれも巨大な動物に似ていて、順番にライオン、トラ、ヒョウ、ゾウ、クマ、大蛇が並び、中央にはヒキガエルがいた。受付カウンターがあるのはそのヒキガエルだった。車を停めて四人がヒキガエルに入ると、女性オーナーが満面の笑みで出迎え、小さなロビーへと案内してくれた。彼女は四人を座らせ、職員にお茶を出すように指示したあと、四人一緒なのか、二人ずつに分かれるか、体験は三種類すべて申し込むか、それとも選択するかといったことを質問した。許観は三種類の体験すべてを希望し、常茜茜は愛の体験、陸黙岩は生と死の体験、陸屹岩は権力の体験にそれぞれ申し込んだ。お金を支払い、契約をすませたあとそれぞれ部屋をとり、午後三時からの体験を予約した。

午後三時、四人はそれぞれ密室へと導かれた。許観を迎えたのは、眉とひげが白く、血色のよい僧侶だった。許観は地下鉄によく似た車両に数分乗って移動したのち、エレベーターに乗り換えて〝空〟の階にある仏殿に通された。生年月日を聞かれ禅室に横たわると、まわりにロウソクの火がともり、多くの僧の読経の声が聞こえてきた。「無眼界乃至無意識界無無明亦無無明尽乃至無老死亦無老死尽……」どうやら般若心教のようだ。白い眉の僧侶が飲み物をすすめた。それはしみるように冷たく、甘く透き通るような味だった。〝去来水〟というそうだ。すると許観の目の前に、子供のころの情景がよみがえった。裸のまま看護師に両足を持たれて、背中をぽんぽんと叩かれ泣き声を上げている。母親はベッドで乳を飲ませ、微笑みながら彼の足をなでていた。小学校の教室では、生物の先生が細胞や遺伝子、サルから人間への進化の話をし、生理衛生の授業では、受精、解剖、人体の脳や内臓について講義している。彼は自分の心臓、肝臓を見た。心臓が動き、心室から血液が流れ出している。肝臓は収縮を繰り返し、血液に浸された海綿のようだ。喉仏が大きくなり、陰毛が生え、高校生の時にはじめて射精した時の情景が浮かんだ。常茜茜と二人で旅行に行き、手をつないで黄山を登り、旅館でセックスをした。意外だったのが、自分が金髪で青い目の女性と結婚式を挙げていたことだ。大学時代の外国人教師リディアに少し似ているような、そうでもないような気がする。二人の間には女の子が生まれた。数十年後、彼は半身不随となり、杖をつきながらヨロヨロと歩いている。金髪の妻はすでに白髪となり、目はグレーになっていた。彼女は彼につきそい、庭園のベンチに座っている。「あなた、神様を信じる？　あなたは宗教の話をしたことがないわね」と妻が言う。「昔は時間がなかったからね」と許観が答える。「中国人は神や仏を信じていて、魂は不滅だと言うわ」と妻が言う。「それはただの想像で、やさしい嘘だよ」と許観が答える。「西洋人は死んだら天国か地獄に行くと信じているわ」と妻が言う。「そういう考え方も悪くないね。死というのは生命の一つの形で、細胞から生命体が形成され、最後にまた細胞が消滅するんだ。ヒトというのは存在のあり方の一つの段階に過ぎない」と許観が答える。「怖いことを言わないで。だったらどうしてこんなにも命に執着する気持ちがあるの？」と妻が言う。「それが人間の特徴なんだろうな。生きることは一種の楽しみだから、魂が永遠だと考えることはいいことだ」最後に、許観は自分の葬式を見た。白い髪にグレーの目をした外国人の妻は娘に支えられながら弔問客たちと握手をし、涙を流していた。昔の恋人である常茜茜も年老いた姿を見せ、息子に支えられながら墓に向かって頭を下げている。追悼の音楽として、数十年前の曲が流れている。そこへ経を詠む「南無阿弥陀仏」という声が響いてきた。許観は目を開き、寝そべったまま目をこすった。まわりにはロウソクの火がゆらめき、僧侶たちが何列かに並んで経を詠んでいる。やはり般若心経のようだ。白い眉の僧侶が言った。「行きましょう。もう十月三日ですよ」

　恥ずかしがりやの陸黙岩は、愛や権力について語ることで自分の俗っぽい部分や傲慢さが露呈するのを恐れ、生と死の体験を選んだ。以前、大学院を受験した時に合格できなかったことで死を意識したことがある。もともと聡明な女性で、高校まではつねにトップの成績だった。文学をこよなく愛し、北京大学中国文学科への合格も期待されるほどだったが、高校三年の時に神経を患って不眠症となり、試験前日に熱を出した。そのため試験結果が思わしくなく、結果的に師範大学で歴史を専攻することになった。陸黙岩は不満を抱えて、いつも心がふさいでいた。常茜茜と一緒にいる時はいつも誘われるままに何かに参加していたが、心では大学院こそは北京大学で中国文学を研究しようということばかり考えていた。しかし文学と歴史ではカリキュラムも理念も違う。考証ばかりで文学的才能が問われることはなく、試験でも良い評価を得られず、その希望はむなしく散っていった。プライドが傷つけられた陸黙岩は何度も建物の屋上へと向かったが、そのたびに常茜茜に見つかって引きずり下ろされた。常茜茜はそのまま彼女の監視役になった。恩人はやがて親友になったが、陸黙岩はいつまでもあきらめがつかなかった。そして、ここで生と死の体験を選んだことで、もっと辛い思いをしたらどうしようと不安だった。彼女を迎えたのは若い女道士で、場所は洞穴だった。彼女も〝去来水〟を飲まされたが、質問されたのはどんなふうに死にたいかだった。女道士はメニューのような冊子を持ってきた。そこには〝死ぬがごとく生きる〟、〝絶望する〟、〝気ままに死ぬ〟などの言葉が並んでいた。彼女は〝死ぬがごとく生きる〟を指差した。すると道士はワインの瓶のようなものを手渡し、飲むように指示した後、安楽椅子に彼女を座らせた。いやな匂いが鼻を刺激したと思ったら、すぐに朦朧としてきた。見えてきたのは北京大学だろうか。沙灘紅楼のような気もするが、未名湖でもなさそうだ（訳注　いずれも北京大学関連の施設）。ロビーに入ると煙が立ち昇り、上の方に〝太上大学〟と書かれた額が見えた。そんな名前の学校があっただろうか。まるで天上界を想わせるような音楽が聞こえてくる。『澄清韵』（訳注　道教の音楽）のようだ。頭がすっきりしてきた。教壇に座っている老人は斉教授と名乗った。斉という名前の教授に教わった記憶はなかったが、あとになって考えれば、きっと朦朧とした意識の中で思いついた名前なのだろう。その隣にはまるで仙人のような人が立っていて、この時の音楽はすでに『幽冥韵』（訳注　道教の音楽）のような響きになっていた。教授が質問した。「きみは死んだことがあるかね？」陸黙岩はとても難しい質問だと思った。死んだらここにはいないし、だったら自殺しようとしたことはそれに当たるのだろうか。「先生、死とは動詞ですか、それとも名詞ですか」「まあ良かろう。きみは私の研究室の生徒として選ばれた。だが、約束してほしい。第一に、私のことは先生ではなく閣下と呼ぶこと。

第二に、質問するのは私であって、君ではない。試問そのものが学問である。第三に、評価するのはみんな、つまり彼らだ」斉教授はそう言いながら仙人のような人々を指差した。陸默岩がそちらを見ると、彼らは先ほどと少し様子が変わっていた。恐ろしい顔つきをした者、意味深な表情をしている者、満面の笑みを浮かべている者もいる。「彼らは管理職や財務管理を経験したこともあるし、民主戦略や人材戦略にも長けている。真偽を見破って陰謀をあばいたこともあるんだ。ハハハ」彼らはその言葉に反応するように「ヘヘヘ」「ケケケ」「ハハハ」と笑った。陸默岩は寒気がした。しかし次の瞬間、美しい音楽が鳴り響いた。それはまるで道教音楽の『白鶴飛』のようだった。再び目を転じると、彼らはスーツに着替えていた。教授は『陸默岩を学際的な人材に育てることについて』という報告書を読みはじめた。彼女のぼんやりした記憶によれば、まず四書五経を学び、二十五史を学び、その後に西洋哲学、ヒューマニズム、神本位主義、フォービズム、実存主義、非実存主義などを学ぶといった全部で十年分のカリキュラムだった。その後に実践訓練があり、まず農業、工場労働を経験し、のちに解放軍に従事した。山岳地域へ行き、海辺へ行き、平野にも行く。読者になり、作家になり、編集者にもなる。これがまた十年かかる。最後は専門研究で、まず中国文学、そして外国文学を学び、最後に未来文学を学ぶ。この研究にも十年かかる。教授が質問した。「きみはいくつかね?」陸默岩はこの質問も捉えどころがないと感じた。実年齢のことだろうか、それとも経験の長さを聞かれているのだろうか。「先生……いえ、閣下、それは抽象的な意味でしょうか、それとも具体的な意味の年齢なのでしょうか」「まあよかろう。それぞれ一年ずつ費やせばいい。学校の制度と同じだ。しかし修士を修めるか博士を修めるかは、みんなの意見を聞かなくてはならない」陸黙岩がいつも通り彼らの方を見ると、全員がスーツ姿で寝ており、いびきまでかいていた。若い道士が彼女を宿舎へ案内し、休息をとらせた。ここから彼女の長い研究の人生がはじまった。陸黙岩には障害を順調にクリアしている手ごたえがあった。三年が過ぎた頃には、すでに一生分の苦労をしたように感じた。しかし一票の差で合格できなかった。斉教授によると、これは学術委員会の決定だという。しかし希望はあった。同じカリキュラムをもう一度学べば学位を取れるかもしれない。陸黙岩は斉教授に、次回も同じ人たちが投票するのか聞いてみた。教授の答えは、そうとは限らないということだった。陸黙岩は歯を食いしばって勉強をはじめ、実践や研究を行い、まるで一世紀もの時間が過ぎたかのように感じられた。学術委員会の投票結果は、二票足りなかった。反対者が一人増えていた。居眠りのせいで間違えて票を書いてしまったらしいのだが、記録されてしまったものは仕方がないとのことだった。陸黙岩は心から死にたいと思った。しかし斉教授によれば、これも一種の死であるという。死は循環するもので、生と死には明確な境界がない。これこそ、死ぬがごとく生きることであり、逆もまたしかり。そして、死は生の一つのかたちなのだという。陸黙岩はとても奥深い話だと思った。その時、天上の音楽が響きわたり、目が覚めた。かたわらにいた道士が、もう十月六日だから食事をとるようにと言った。陸黙岩は何かを悟ったような気持ちでその場を離れた。

常茜茜は愛の体験を選んだ。担当者に案内されたのは大きなミュージックバーだった。さまざまな肌の色をした人々が楽しそうにおしゃべりをし、ダンスフロアではカップルが体を揺らしていた。彼女はすみの方に座ってそのようすを眺めていた。フロアは神秘的な花園を想わせるようなメロディーに包まれ、聴いているだけで心が満たされた。彼女がカクテルをゆっくり飲んでいると、セクシーな黒人女性が舞台に現れ、物悲しい調子でブルースを歌いはじめた。愛とは諦めと痛みであり、情熱的な誓いの言葉は水のごとく流れ、いつかただの記憶になってしまったというような英語の歌詞だった。歌声は聞く者を悲しい気分にさせた。常茜茜はストローをはずすと、カクテルを一気に飲んだ。かすかに泣き声が聞こえてきたので隣を見てみると、スマートでハンサムな男性が憂鬱そうに涙をぬぐっていた。かたわらには本が置いてある。興味がわいたので見てみると、「魂よ、戻れ」という文字がちらっと見えた。おそらく詩集だろう。彼女はグラスを手に近づいた。飲みすぎたせいか、少しふらつく。「歌に感動したの?」男はうなずいた。隣に座ると、強烈なオーデコロンの匂いがした。

男の体臭がまじった匂いだ。「これは詩集?」男はまたうなずいた。「あなたの?」「そうだよ」「彼女にでもあげるの?」「そうさ」「彼女は?」一瞬沈黙があり、男は再び涙を流した。常茜茜はますます興味をそそられた。「見てもいい?」詩集を開いてみると、扉のところに〝夢の中の恋人に捧げる〟と書いてあった。常茜茜は怪訝そうに彼を見た。「夢の中の恋人?」「ああ、そうだよ」常茜茜は最初のページを読みはじめた。「バラの恥じらい、ゆりの笑顔、誕生日には花の王冠を飾ろう。想いは火のように、青春は炎のように、春が赤々と君の前で燃えている……」「見つめ合えば言葉はなく、離れれば想いはつのり、夜になれば朝を待ちわび、日ごと春を呼んでいる。心の中の恋人よ、どこへ行こうと私の心は君とともにある。待ち焦がれ、期待に満ちて、海でも天の果てまでも」どれも熱い想いがこもった言葉ばかりで、常茜茜は自分の血が体を駆け巡るように感じた。「彼女はどこにいるの?」「心の中さ」「架空の人物?」「そうだ」常茜茜には信じられなかった。存在しない女性のためにこんなに激しい詩を書くなんて。今どきこんな純粋な人がいるだろうかと、あらためて目の前の男を見つめる。男はスポーツマンのような逆三角形の体に長い手足をしており、澄んだ水のような瞳の奥には炎が燃えていた。「一緒に踊らない?」「いいよ」二人はダンスフロアへ移動した。そこで音楽が変わり〝Back at One〟が流れてきた。「夢に見た君。君に寄り添いたい。君こそがたった一人の人。この想いはどんどん深くなる。一緒に愛の川に落ちてゆく……」

二人は踊りはじめた。時にはスローに、時には激しく、最後は空中を飛んでいるかのような気分になった。「行こう」「旅行に？」そして二人は泳ぎ、ゴルフをし、食事をし、テントで野宿をした。詩を語り、屈原や李白、李清照から舒婷、ホイットマン、ボードレール、ブラウニング夫人までを語り、小説や仕事、青春、人生を語り、セックスをした。ビロードに覆われた部屋の、ルイ十四世が寝るようなベッドでさまざまなスタイルを楽しんだ。思いのままにふるまう常茜茜の頭には時折、許観の顔がよぎったが、すぐそれは目の前の男に変わった。体中を血が駆け巡り、快感に達すると「死にそう！」と叫んだ。渡辺淳一の小説に登場する人物のように男は若い力と情熱を彼女にぶつけてきた。そして常茜茜は甘い眠りの中へ落ちていった……。「目がさめましたか」制服を着た女性に声をかけられ、常茜茜は目をこすりながらベッドで目覚めた。「彼は？」「あそこです」女性はショーケースを指差した。裸のままベッドから下りて近付いてみると、中に男が立っていた。となりのショーケースにも違う種類の男が並んでいた。ガラスを叩くと、「アンドロイドです。今眠っています」とその女性が言った。常茜茜は目の前が真っ暗になり、そのまま気を失った。

陸屹岩は姉に付き添ってここへやってきた。日頃は会社の企画部で仕事をしている。権力の体験を申し込んだ彼は、まずロビーに連れてこられた。たくさんの人が彼を見ている。白い制服を着た若い女性がやってきて「理事長、どうぞこちらへ」と声をかけた。そこには模型が置いてあった。メガネをかけた若い男が説明をはじめた。「理事長、これが今日の理事会で話し合われるプロジェクト、夢幻荘園の建設です。コンセプトは、普通の生活では得られない特別な体験を提供することで、体験を通じて快感、思想、哲学を得ることを目的としています。もちろん合法的な手段で行います」メガネは、生死の体験、愛と憎しみの体験などの項目についてよどみなく語った。続いて理事たちが発言をはじめた。陸屹岩は実務経験があったので、ほとんどのことは理解できた。そして自らも発言しようとした時、その場に許観が連れてこられた。彼は第三者的立場の理事で、信頼性のある意見を述べる人物なのだという。たしか彼は姉の友人の恋人のはずだが、こんな仕事もしていたのかと陸屹岩は思った。

許観は事前に愛の体験に参加してみたが、とくに驚くような発見はなかったと言った。軽く騙されたような感じだと語り、細かいことは説明しなかった。許観は陸屹岩が理事長と呼ばれていることに戸惑いを感じていた。とはいえ、何も言わないわけにもいかない。制服を着た美しいスタッフたちが自分の意見を聞こうと待っているのだ。許観は語りはじめた。夢幻荘園プロジェクトで大切なことは、人々の感覚器官を満足させるだけでなく、哲学的な体験をさせて、生活を考え直し、何かを悟らせることである。そうでなければ、普通のマッサージ店や妓楼、阿片窟となんら変わりがないことになる。僧侶を呼んで禅について語ってもらうなどの工夫が必要である……。許観の発言に拍手がわきおこった。
陸屹岩は考えた。このプロジェクトは身をもって何かを体験することができなくては意味がない。彼は結論としてそれを語った。その時、老眼鏡をかけた老人が文書を手渡してきた。そこにはキーワードが書かれていた――リアルな体験、第一は夢、第二は器、第三は戯。しかし詳しい記述はなく、イラストがいくつか描いてあるだけだった。全員が陸屹岩の発言に挙手をして賛同し、夢幻荘園への巨額の投資が決定され、ふたたび拍手がわきおこった。陸屹岩は拍手の中、署名をした。その後、みなで食事会になった。豪華な宴席だったが、知らない顔ばかりだった。誰もが自分のプロジェクトや興味を持っていることについて自由に語っている。食事会が終わり、会場を出ようとすると、スタッフが「プレゼンテーションの成功おめでとうございます！」と言いながら、『夢幻の旅』と書かれたCD-ROMを全員に手渡していた。

すべてが終わった後に四人は顔を合わせたが、誰も自分の体験をくわしく語ろうとはしなかった。ただ全員がオーナーに会いたいと思っていた。何度も頼みこむと、やがて個室に通された。オーナーは陸屹岩と許観が見かけたあの老人だった。彼は意味ありげに、生死は夢のごとく、愛と憎しみは人の器量に左右され、得るも失うも全ては芝居のようなものだと言った。一つ一つは真実でも、まとめて見れば嘘になる。では、嘘と真実の境界はどこにあるというのだろう。四人は顔を見合わせ、その場を去った。誰もが黙ったままで、ただかの地と、そこで体験したことを思い出していた……。

母語

手術室から出てきた芸は、まるで妊婦のようだった。白いコートをはおり、青白い顔でゆっくりと病院の広い廊下を歩いてくる。足取りはゆっくりだったが、まるで谷底に響きわたるかのような大きな足音だった。長い廊下の隅には、憂鬱な表情をした磬が立っていた。黒ぶちのメガネに手をかけて芸を見つめていたが、自分から近づいてこようとはしない。芸が近くまで来てようやく「今回は成功しそう?」と声をかけた。「ええ」芸は小さな声だがはっきりと答えた。「コーヒーでも飲みに行こう」磬がそう言うと、二人は病院を出た。

磬はグレーのホンダを北土城路の並木道に走らせた。九月の北京は美しく、黄色いイチョウや赤いハゼノキが色あざやかだった。しかし、落ち葉が舞う様子が、物悲しい秋の雰囲気をただよわせていて、新しい生命の誕生にはふさわしくない光景に見えた。運転中、二人は何かを考えるように黙っていた。磬は車を川辺にある喫茶店の前に止めた。

店内は静かで、商談やおしゃべりを楽しむ人たちや、パソコンを開いて作業をしている近所の大学院生、新聞記者らの姿が見られた。二人は窓際の席に腰かけ、コーヒーを注文した。窓越しに秋の夕日を眺めながら磬が言った。「僕たちもいよいよ実りの秋を迎えるのか。春に種をまいたかどうかは別として…」芸が反応しないので彼は言葉を続けた。「人類共通の流れとして、生命の営みから一定の周期を経ると新しい世代が生み出される。つまり生命の営みが新しい形に変化するというわけだ。そうやって、生きる喜びや悲しみや希望が次の世代に託されていく…」磬は気分が乗っているのか、自分の話しぶりに酔っていた。芸は磬の話に耳を傾けながら、彼がいつもと少し違うと感じていた。普段の磬は陰気で言葉数も少なく、表現することが苦手なタイプだ。日頃、それをからかうと、ニューヨークと南京という言語の異なる環境を行き来するうちに言葉の発達が遅れたのだと言い訳する。しかし本当の理由は環境のせいではなく価値観の違いにあることを芸はよく分かっていた。老革命家である彼の父親は、引退後は二つの趣味に熱中していた。一つは将棋で、将棋クラブの熱心なメンバーだった。そしてもう一つは孫の誕生。よき戦士の誕生を願い、息子夫婦のために〝作戦〟を練ることに精をだしていた。生命科学院で生物学博士として働く磬にとって、子供を作ることは実験のようなもので、おたまじゃくしをカエルにするのと大差ないことだった。しかし父親と母親があまりにしつこく孫のことを口にするので、磬は子供を作ることは両親のためで、老人の生活に活気を与えるためのものだと感じるようになっていた。そして今日、芸は手術を受けた。彼はこのやり方に哲学的な解釈を見つけられたことで饒舌になっているのだ。

妍は家でイライラしながら十万元の契約を待っていた。妍は地元の芸術学校を卒業後、ダンス、ピアノ、書道、茶道、さらには詩を学び、そして映画スターになる夢を胸に北京へやって来た。最初はエキストラとして多くの撮影に参加していたが、いくら待っても正規の役はまわってこなかった。監督たちはしっかり勉強してチャンスを待つようにと妍を慰める一方で、陰ではあの子は頑固で飲み込みも悪いと言っていた。目は大きいが表情がなく、見開くと怒っているように見えた。しかも、結婚もしていないのにヒップばかりが大きくなりオバサンのようだとも言われていた。ある俳優仲間が親切心からこの事実を彼女に伝えた時、彼女は一晩中泣き明かし、その後、悔しさをこらえながら喫茶店で働いた。一年間を経過し、彼女は少し現実的になった。そんな時、父親が胃がんになったという手紙が届いた。手術の費用として数万元が必要だという。彼女は返事を書き、とにかく親戚や友人から借金してお金を作ってくれれば、後は自分がなんとかして返すと伝えた。この時、妍は覚悟を決め、あるカラオケバーで働き始めた。必死に金を稼ぎ、時には男の客を喜ばせるようなこともした。あるとき、妍をひどく自己嫌悪に陥らせる出来事があった。その客は南方なまりのあるビジネスマンで、白いメガネをかけていた。彼は妍に、『素女経』（訳注　男女の営みを書いた古い指南書）のようなことをしてほしいと要求してきた。妍がどうしてよいか分からないでいると、メガネは映画『ラスト、コーション』のようにしたいと言い、皮のベルトで妍を叩いた。そして彼女を蹂躙した後、三千元を置いて出ていった。この出来事は妍の心をひどく荒れさせたが、話を聞いてくれる相手もなく、ただ一人で詩を読みふけるしかなかった。しかし、女性の心を救ってくれるような詩はなかなか見つからなかった。蔡文姫の『胡笳十八拍』はとても悲しい詩で何度か読み返したが、共感はできなかった。李清照の詩も繊細で味わいがあったが、妍の心を代弁してはくれなかった。そして、ネットで女性を題材にした作品を検索している時、たまたま『竇娥冤』（訳注　元曲の有名な悲劇）を見つけ、その中のある言葉にひどく心を動かされた。それは刑場へ向かう時に歌われるアリアの一節で、彼女は涙を流しながら何度も読んだ。「太陽や月は高みから人を見おろしている。神は人の生死を司る。天地は善悪を見分けられるはずなのに、なぜ盗跖と顔淵にあのような境遇を与えたのか。善人は貧しく短命に終わり、悪人が裕福で長生きをする。天地は弱者をいじめ、強者に味方をするのか。地は善悪が分からないのか。天は賢者と愚者が分からないのか。こんな世に、人はただ涙を流すしかない。」それ以来、この一節は妍の睡眠薬代わりとなった。毎晩のように読んでは心を落ち着かせ、眠りにつくのだった。彼女は盗跖や顔淵がどんな人物なのかよく知らなかった。調べても詳しいことはすぐに忘れてしまった。唯一覚えていたのは、顔《イエン》の方が良い人で、名前の発音が自分の名前妍《イエン》と同じということだけだった。女性に関することを検索するうちに、独身女性が母親になるという記事を偶然見つけた。代理出産の母親を募集するという内容だったので、妍はすぐに応募してみた。そして驚いたことに、自分がその代理母に選ばれてしまった。妍は磬と芸の二人と面接をし、大がかりな契約を結んだ。十万元のお金には彼女が産む子供とそのお金で手術を受ける父親の二つの命がかかっていた。まずは、受精卵を子宮に入れた時点で先に半分の五万元を受けとれることになっている。このお金があれば父親を救うことができるのだ。

磬と芸は家に帰る途中で妍に、結果が出るのは三日後だが、もし受精卵がうまくできていれば母親になってもらうつもりだと告げた。妍と磬はとても興奮し、夕食時には磬が自ら腕をふるった料理とお酒で祝杯をあげた。しかし芸はなんとなく違和感を覚えていた。食事を終えると磬は妍に生命科学の話をし、さらには受精や胎教のことまで教え、妍の小部屋に本を運んだ。芸はおやすみを言ったあと、自分の部屋に戻って休むことにした。新聞記者の芸は、夜中に原稿を書くことがあるため別に自分の部屋を持っていた。そして、普段もそこで寝るのが習慣だった。磬にも自分の部屋があり、そこには本棚やパソコン、そして標本があった。標本を見ているとインスピレーションがわくのだと言う。こんなものがあるせいで、彼の部屋は実験室のような雰囲気だった。標本や絵を見ながらいろいろな想像をふくらませ、それが論文のヒントになることもあった。この日も彼は部屋で胎児の絵を見ながら、自分の子供を想像しようとしていた。しかしなかなか集中できない。浮かんでくるのは、アメリカで見かけた、太ってぼんやりした代理母のイメージばかりだった。それでも彼は必死に想像をふくらませようとした。

芸は横になりながら目を閉じてチャイコフスキーを聞いていた。チャイコフスキーの音楽は深く、物悲しく、繊細でとても好きだった。『白鳥の湖』第二幕の曲が流れると、まるで自分が感傷的で何かを失った孤独な白鳥のように思えた。理性的に考えると、子供を産むのはもういやだった。すでに二度も流産の苦しみを味わっている。彼女は感受性が強いタイプだ。流産によって自分の命まで流れて無くしてしまったような気持ちになっていた。それ以来、小さな命は彼女の神経を敏感にさせ、心の中でいつも小さな命と対話するような気持ちになっていた。静かな夜には、小さな二人の天使が羽根を広げて飛んでいる幻覚まで見た。そんな時、磬の両親に子供を産んで育てるのは女の義務だ、と言われた。ある意味それは正しいのかもしれないが、芸にとってはきつい言葉だった。それ以来、出産の意味を考えるようにはなったものの、自分自身は出産する状態ではないと思っていた。そんな時、磬がある提案をした。二人でこっそりと代理母を探し、一年後に両親に会えばいいというのだ。あくまで科学者らしい意見であり、理性的な選択だと思った。しかし今日手術を受け、自分はやはり何かを失ったような感覚にとらわれている。希望を託したものの、試験管の中の小さな命がずっと気にかかっている。何度も寝返りを打ち、いろいろなことに考えをめぐらせながら芸は眠りに落ちていった。

四日目に病院から連絡が来た。芸は手術のために、妍を病院に連れていった。手術は順調に終わった。それから三人のちょっと変わった生活がはじまった。

最初の頃は磬が食事を作り、妍がそれを手伝っていた。しかし彼女のお腹が大きくなると、磬が一人で作るようになった。芸は一日中取材と原稿書きをし、帰宅すると毎晩様子を聞き、病院が記録した赤ん坊の発育状況をチェックした。検査のたびに磬が付き添い、薬代の精算もし、まるで本当の夫のようにあちこち走り回っては妍の面倒をみた。妍はその状態を幸せに思った。これほど大切にされたことはなかった。暇な時は本を読み、胎教のための音楽を聞いた。磬は彫刻をたくさん買ってきた。広東の許鴻飛（訳注　彫刻家）の肥肥シリーズだ。デフォルメされた、幸せで何も考えてなさそうな様子の女性の置物のおかげで、妍の部屋は楽しい雰囲気に満たされた。妍の実家からは父の手術が成功したので安心しろという手紙が届いた。妍は『竇娥冤』を読むことなど忘れていたし、思い出して読んでみても何も心に響かなかった。磬に習って哲学的に考察してみた結果、あの時は貧しかったから『竇娥冤』に魅かれたのだという結論が導き出された。貧しいと天をも恨む気持ちが生まれるが、裕福になればそれも薄れるのだ。それなら幸福な時、人は何を望むのだろう。彼女はそれを磬に聞いてみた。磬はメガネに手を添えながら言った。「そんな問題は考えたことがないな。生物学的に考えれば、動物というのは快感を得ればそれで満足するものだ。この場合の満足とは、本能的なレベルの幸福のことだね。でも人の場合は……もう少し複雑だね。願いがかなって満足したときに人は幸福を感じるよね」「今、私は幸福を感じているわ。でも人の願いは変わるものよ。以前はとにかく父の病気が治ることを望んでいたけど、その病気が治ったら、今度は自分の子供をきちんと育てられることを願っているわ」そう言いながら妍は自分の大きなお腹をやさしく叩いた。彼女は一体いつからこの子を自分の子だと思うようになったのだろうか。これまで磬は生物学者としての専門的な視点で妍のことを見ていたし、妊婦として子供の栄養の基盤になってくれるかどうかということしか気にしていなかった。しかし今の妍の言葉を聞いて、はじめて彼女が母親に見えてきた。表情は母性愛にあふれ、大きな目は生き生きとしている。体はふくよかで完全に成熟した女性だ。「軽い音楽でも聞いたらいいんじゃない？」「いいえ、英語を聞くわ。あなたがよく電話で英語を話しているのを見てうらやましいと思っていたの。今『ニューコンセプトイングリッシュ』の二冊目を勉強しているのよ。分からないことが出てきたら教えてね」この日の会話以来、妍は自分のお腹の子をより身近に感じるようになった。子供が動くのがうれしく、小さな足がお腹をける痛みに快感を覚えるようになった。どんどん母性愛が強くなっている。今、彼女は毎晩宗教音楽を聞きながら眠りにつく。芸の希望でバロック音楽を聞いているのだ。妍の故郷の二人転（訳注　民間芸能の一種）の音楽が子供に影響するのを心配した芸がそうさせたのだ。

一方、芸のほうは子供に対する感情がいつまでも芽生えなかった。はじめの頃は喪失感に苦しんだが、それでも受精卵が妍の体に入れられてからは理性的に考えるよう努めた。医者や本の言葉どおり、妍や磬にいろいろ指示をして、あとは自分のことに専念した。そんな彼女の心を動かしたのは、同性愛にまつわる記事だった。同性愛者は女性の方が多い。その原因として、性や結婚、家庭に対する考え方の変化が指摘されていた。女性解放の思想が大きく影響しているという分析もあった。芸の専門は外国語で、そのおかげもあって、海外で長く勉強をしていた磬と知り合うこともできた。大学院の時の研究テーマは二十世紀のフランス文学だった。彼女はこれらの記事を読んで、フランスのフェミニズムやボーボワールの『第二の性』を思い出した。以前ならそれほど意識して考えなかったはずだが、こういう視点で代理出産を分析することで、自分の中に一つの結論が導き出された。代理出産とは家庭における責任を果たすための行為なのだ。そして今回、磬が歩み寄ってくれたように、伝統的な観念が歩み寄ったことで実現が可能となった行為なのだ。女性の自由という意味において、自分は一歩先を歩いている。そう考えると、なんだか自分が崇高な人間に思えた。自分は家庭での責任を果たすと同時に、産み、育て、奴隷として生きるだけの女に落ちてはいないのだ。

芸が、生きるという言葉を改めて考え直したのは翌年の五月、つまり二〇〇八年に中国全土を震撼させた四川大地震の時だった。彼女は被災地の最前線に派遣されることになった。磬に電話で連絡し、そのまま飛行機で現地へ向かった。磬はもうすぐ生まれる子供の準備で大忙しだった。

もともと地震に対して特別な意識があったわけではない。以前、銭剛の著書『唐山大地震』を読んだことはあったが、あくまで文章から何かを感じたというだけで、一人の女性として肌で何かを感じたわけではない。地震の当日は具体的な映像もニュースも入ってこなかったが、七・八という恐ろしい数字だけが災害の大きさと死者の多さを物語っていた。

他の記者仲間とともに、困難な道を何度も足止めされながら被災地へ向かった。目の前は一面の廃墟と化し、まるで爆撃を受けたあとのようだった。地すべりで村が呑み込まれ、数千人が生き埋めになっていた。頭には「自然の力の前に、人はあまりに小さい」「岸が谷となり、谷が山となり」という言葉が浮かんでくるだけだった。なんとか逃げ出せた人々は比較的安全な場所に集まり、恐怖と悲しみに耐えている。救援部隊があちこち駆けまわり、けが人を運び出している。そんな時にさらに雨が降り、悲しみと不安をかきたてた。彼女は救助の現場に足を運んでは捜索活動に目を向け、避難所に足を運んではテントの中で取材を続けた。余震が続く中で大地の動きを体感し、心と体が変わっていった。彼女は報道の仕事を続けながら、自分の気持ちを整理していた。

災害がきっかけで、芸は人と自然の関係を考えるようになった。もし地震が周期的なものではないとすると、いったいどんな要素が影響しているのだろうか。我々人間は地殻変動に何か影響をもたらしているのだろうか。東南アジアの津波や台湾地震の原因を分析した文章を読んだが、いまひとつよく分からない。報道に携わる者として、きちんとした知識を得たいと思い、さまざまなデータを分析している救援部隊の専門家に聞いてみた。若き専門家の説明によると、地震には周期性があるということだった。例えば、北京はだいたい一五〇年の周期。しかし今回の四川の場合は、三つの要素が影響している。専門家は地震の成り立ちや分析結果を分かりやすくかつ専門的に解説してくれた。芸はそれをきちんと理解し、お礼を述べた。しかし何かが足りないような気もした。あの専門家の説明はどこか磬に似ている。態度も冷静で、分析も理性的だが、感情が足りないのだ。まるで遠くのアメリカや他の国で起こった出来事を話しているようなのだ。

同じテントにいたテレビ局の園園が、現場で撮影した映像を見せてくれた。無数の血が流され、生きていた人間の体がバラバラになっている。生き残った者もまるで墓場から這い出してきたように心身ともに打ちのめされ、すぐには正気に戻れず、うわごとを言っている。家族を失い、故郷を失い、帰る場所もない。心の底からこみ上げてくる泣き声があちこちから聞こえてくる。中には気丈な人もいて、救援隊を組織し、昼夜を問わず生存者を探している。園園は、こういう状況でこそ人の本質や偉大さが見えるものだと言いながら、中高生の証言やネットで公開されている詩を見せてくれた。それは恩師のために作られた『最後の抱擁』という詩だった。「地震の時、避難口から二メートルの所に彼女はいた……自分の体でかばうようにしながら、最後まで生徒を一人一人送り出していた……」映像にナレーションをつけたいから考えてくれと園園が言った。芸は言葉があふれ出てくるのを感じた。「これはか弱き女性が残した永遠のモニュメントである。生きる希望を外に送り出し、自分は死を選んだ。なんと崇高な行いであろう。これは壮絶な犠牲の歌であり、教育者にとっての『師説』(訳注　韓愈の著書)である。生死の選択に迫られたときにこの教師が選んだ道は決して忘れられることはない。これはある意味で、心を託す行為であり、肉体を超越した魂の行いである。肉体を離れた魂はまだ生きており、我々の鼓動となり受け継がれていくだろう」。芸の文章を読んだ園園は、すばらしいわと言って芸にキスした。

芸にとって特に印象的だったのは母親たちの勇気ある行動だった。多くの子供たちが母親の犠牲のおかげで生き残った。まさに無償の愛だ。メディアで最も取り上げられたのは「愛する赤ちゃん、もし無事に生きのびられたら、ママがあなたを永遠に愛していることを忘れないでね」という未発信のショートメッセージだった。人々の要望で、このメッセージは国家档案館に保存されることとなった。芸は多くの離散した孤児を目の当たりにした。彼らの瞳が頭に焼きついて離れなかった。什邡(訳注　四川省の県)を訪れた際、孤児の中にいた、生後数か月の女の赤ちゃんと出会った。そのあどけない笑顔に芸の心は痛んだ。看護師の話によると、この子の両親は数十メートル下の土の中に埋まっているそうで、身元さえ分からないという。そして不思議なことに、なぜかこの子は芸を見ると笑うのだと看護師は言った。

テントに帰ってからも、目の前に孤児たちの瞳や笑顔が浮かんできてなかなか眠れなかった。夢の中でも孤児たちが泣いていた。あの赤ちゃんも泣いている。夢の中の芸は千手千眼観音になり、たくさんの手を伸ばして子供たちを抱き、たくさんの目はまるで鏡のように子供たちの瞳を映していた。

翌日、取材が終わると芸はまた女の子に会いに行った。女の子は同じように笑い、あいかわらず無邪気だった。その後も毎日のように会いに行った。赤ん坊は笑うだけでなく、芸を求めるように手足を動かし、ウーワーと何かをしゃべった。芸は自分がだんだんこの子から離れられなくなっているのを感じていた。毎日でもこの子に会い、笑顔を見ていたかった。園園を連れて行くと、かわいいから芸が育てればいいのにと彼女は言った。芸は考えてみると答えた。しかし磬が許してくれるだろうか。芸は時間をつくって磬に電話し、赤ん坊を育てることを相談した。磬はしばらく黙り、無理だと言った。もうすぐ自分たちの子供が生まれるのだから、自分たちは生まれてくる子に責任があるというのだ。磬の言うことはもっともだ。しかし何かが足りないような気がした。芸は、赤ちゃんから離れられなくなっている自分の感情を磬に訴えた。しかし磬は、B型の人間はそんなふうになりやすいものだが、時が経ち、その場から離れれば気持ちも変わるはずだと言った。芸はそれでもあきらめられないと声をつまらせた。磬は、どうしても君が育てなくてはいけないのかよく考えるべきだと言った。その後二日間、芸は赤ん坊の顔を見に行かなかった。しかし心が苦しく、ずきずきと痛んだ。これを園園に相談すると、育てられなくなったら、自分が結婚したときに引き取ってあげるから、今は気持ちのままに行動し、まずは子供を引き取ればいいと言ってくれた。現場を離れる時期が近付いた頃、母親にも相談してみた。母親は理解を示し、途中でだめになったら自分が助けてあげると言ってくれた。帰る前の日、芸は手続きをし、子供に媛《ユエン》媛《ユエン》と名付けた。援《ユエン》助と縁《ユエン》からとった名前だ。こうして芸は荷物をたくさんかかえて充実した気持ちで家に帰った。

　芸の母親はすべて準備してあるから安心して子供を連れ帰るよう電話で伝えてくれていた。母親は以前、大学で中国語を教えていた知識人で、とても愛情深い人だった。数年前に夫に先立たれて一人で生活していたので、芸や兄が遊びに来ることをいつも心待ちにしていた。子供を育てることには何の負担も感じず、むしろ楽しみにしていた。芸は飛行機を降りると、すぐに赤ん坊を母親の腕に抱かせた。母親は、何てかわいい子だろうと言って、親を亡くした他の子供たちのことを思いながら涙を流した。芸は心がほぐれていくのを感じた。そして感動し、おかあさんはなんて素晴らしいのと声に出した。母親は、全国の母親が同じように考えるはずよと言った。おばあちゃんの腕に抱かれた媛媛は、家族の一員になったことを感じているかのように、にこにこと笑っていた。

家に帰ると誰もいなかった。妍が出産したことを電話で知った。女の子だった。病院へ駆けつけると、磬が青白い顔の妍を見守っていた。二人はとても満足そうにしている。赤ん坊が泣くと、妍が母乳を飲ませ、子供を静かにさせた。赤ん坊は磬に似ているような、自分に似ているような、そして妍にも似ているような気がした。妍の腕に抱かれる子供を見ていると、誰が母親なのだろうという疑問がわいてきた。病院からの帰り道、二人はまた北土城路の喫茶店に入った。今度は芸が口を開いた。「例の赤ん坊を連れて帰ったの。今は母の家にいるわ。母は賛成してくれている。あの子には何か縁を感じるから、とてもあきらめることはできなかったの」「すばらしい行動だと思うよ。大勢の人が極限の状態にいると、得てしてそういう行動をとるものさ。だけど、僕たちの子供だっているんだよ。将来、君の精神的な負担にならないか心配だ」「私だってよく考えたわ。連れて帰った子に対しては、女性として全身全霊で感じる特別なものがあるの。それは人類学的な意味の母性愛かもしれないし、世間一般に言われる母親の愛というものかもしれない。だけど、とてもリアルな感覚だし、あの子と私には何か縁があるのよ。人にはそれぞれ縁があるのよ。女性は子供に対して敏感だし、愛情をもつものよ。これは女性の権利を主張する立場と矛盾するものじゃないわ。女性が自分から育てたいと思う気持ちと、社会的に無理やり子供を押し付けられるのとでは意味が違うの。今回の震災現場でそれを実感したの。子供に対する責任感というのは政治的な考え方とは違うの。生物学の基礎の上にあるものよ。これってあなたの研究領域でしょ?」「僕たちの子供のことはどう思っているの?」「もちろん私には責任があるわ。そのうち気持ちも通い合うでしょう」磬は何も言わなかった。

翌日からの数日間、芸は仕事帰りに媛媛に会いに行った。媛媛は順調に成長していた。磬の方は、退院した妍と子供の世話をした。芸も自分の子供を抱いたが、通じ合うものを感じなかった。遺伝子はつながっていても、肉親になっていないのだと思った。自然の創造物というものは実に巧みで、不自然に手を加えるわけにはいかないのだ。

子供がひと月を迎えたときにちょっとしたことが起こった。契約に従って妍と子供が引き離されることになったのだが、妍はそれを受け入れることができず、子供が三歳になるまで、無償でいいから育てさせてほしいと申し出たのだ。磬はかまわないと思ったし、芸は何も感じなかった。結局、二万元の養育費を妍に払い、試しに子供を一年間育てさせることにした。

さらに事情が変わったのは、子供が六か月を過ぎた時だった。子供が高熱を出し入院したのだ。芸は出張中で、妍が三日三晩付き添った。磬も忙しく動きまわった。その後、子供は退院し、落ち着いて眠りについた。磬は妍に感謝し、妍は涙を流した。彼女は自分がこんなにも子供を深く愛していることに戸惑い、これからどうしたらいいのかと泣いた。磬は彼女の涙を拭き、肩を抱いた。この時、磬は自分の体に生物学的変化が起こったのを感じた。妍も泣きながら磬を抱きしめた。二人はお互いの体に生物学的変化が起こったのを感じた。翌日、妍は自分たちがこんなことになってしまって、芸に申し訳ないと言った。しかし磬は仕方がないことだと答え、子供への愛が二人を結びつけたのだと言った。

数日後、出張から帰った芸に、磬はすべてを話した。芸は、心の準備はできていたと冷静に答えた。母親の愛はとても複雑で深く、そして偉大なのだ。芸は荷物をまとめると、毎月子供の顔を見に来ると磬に言い、妍に対しては、あなたは間違っていないと言った。そして白いコートを着て去った。

数年後、子供は小学校に上がった。一人は媛媛《ユエンユエン》という名で、もう一人は源源《ユエンユエン》という名だ。二人ともとてもかわいい子だった……。

莎草塀

嫁入りの時に乗ったこしの隅の方に、牛の糞のようなものがあったことを、秀英はずいぶん後になってからよく語っていた。この地の風習では、五更（訳注　日没から夜明けまでの時間）に実家を出発し、数十里もの道を揺られながら嫁ぎ先へと行くのだが、その間、ずっと目の前でその糞がちらついていた。これから牛や馬のように苦労をすることを暗示しているように思えたという。

秀英の故郷は興庄。飢饉を逃れてやって来た数世代前の人々が続々と集まり、それが村になった場所だった。黄河の北岸、中条山の南のふもとに位置し、もともとは人家も畑もなく、渓流が流れているだけの場所だった。光緒三年（訳注　一八七七年）の中原の大干ばつで人々は逃げるように移動をはじめ、湖北から来た闞家の兄弟が最初にここへ根を下ろした。彼らは山肌にヤオトン（訳注　黄土に穴を掘って作る住居）を掘って住みつき、谷間の地を耕し、渓流の水を引いて米を育て、山の斜面で豆を育て、豆腐を作って売ることで生計を立てた。長男は徐州から逃げてきた未亡人をもらい、家系をつないだ。その後、河南から来た数世帯が山の尾根に住みついて同じように荒地を耕し、生きながらえて、やがてそれが村となった。

秀英の父親は、少し蓄えができたところでラバを数頭買い求め、荷物を載せて中条山の北側にある解州まで通うようになった。生活がいくらか良くなると、質の悪い阿片を吸うようになり、それに金をつぎこみ、次第に生活が苦しくなっていった。しかし、三人の娘はまだ成人していなかったので、頼るわけにもいかなかった。

長女の秀英はとても利発な子で、農作業も家事もすぐに覚えた。手先も器用で、切り紙がうまく、生き生きした魚やえび、猪や羊などの切り紙を簡単に作ってしまった。一九三一年に九一八事変（訳注 満州事変）が起こると、第二戦区に女子速成クラスが作られ、秀英はその生徒に選ばれて半年間勉強することになった。勉強はさして難しくもなかったが、学ぶことで志が高く、負けん気の強い性格となり、その強さが彼女の中にしっかりと根付いていった。

なぜ父親が郎という男との結婚を決めたのか、花嫁のこしに乗る時でさえ、まだ納得がいかなかった。郎家の暮らし向きは悪くはなかったが、とりたてて良いわけでもない。しかも彼女はまだたったの十三歳だった。もし弟のように学問を続けていれば、それなりに成功したかもしれない。しかし両親の決めた結婚に逆らうわけにはいかなかった。結婚相手がどんな人かといえば、〝八字帖〟（訳注 八つの文字で生年月日を書いたもので、運勢をみるのに使う）に書かれた生年月日くらいしか知らなかった。相手は申年生まれで、自分は戌年だから、相性のいい結婚なのだそうだ。八字帖は三日ほど供物台にそなえられ、その間不吉な事が起こらないことを確認した父親が、あっさりと結婚を決めてしまった。父親は阿片を吸いながら、どうせ嫁に行くのだから、早く嫁いで子供を産むに越したことはないと言った。そしてこう付け加えた。「午年と未年が結婚すると妻が強くなる。未年と子年は相性が悪いし、巳年と寅年も苦労が絶えない。卯年と辰年では不幸になる。酉年生まれは戌年を恐れるし、亥年と申年の組み合わせは早死にする。お前と相手の相性は衝突することもなく、ちょうどいいんだ」

新郎は郎立という名の苦労人だった。三歳で父親を失い、十歳で母親を失い、十三歳の時に兄が屋根から落ちて死に、結局、三十を過ぎた未亡人の兄嫁と暮らしていた。兄嫁は顔色が悪く痩せた女で、子供がいなかった。夫が死んだ夜は心細さのあまり、義弟と足と足を付き合わせるようにして寝たが、それでもなお心細く、ついには義弟を隣に寝かせるようになった。義弟が十四歳の青年にもなると、当然おとなしく寝ているはずもなかった。しかし兄嫁は寂しさのあまり、以前のまま隣に並んで寝ていた。義弟は体をほてらせ、我慢ができずに兄嫁の胸に触ったが、彼女は必死に抵抗した。ある風雨の夜、義弟は兄嫁の体をまさぐりながら上にのしかかった。兄嫁は流れにまかせるように下着を脱ぎ、義弟を受け入れた。郎立はこうして自分が男になったことを自覚した。それからは毎晩のように兄嫁の服を脱がせ、子供をつくるための手ほどきを彼女にせがんだ。日が経つにつれ、兄嫁の顔色は赤みを帯び、精神状態もよくなったが、あいかわらず子供はできなかった。次第に二人の関係は近所の人々に気付かれることとなり、噂が広がりはじめた。ある日、その噂が兄嫁の実家に伝わると、実家の兄が文句をつけに郎家へやって来た。食事をし、事の次第を悟った兄は、妹を呼びつけ、郎立を早く結婚させるように言い付けた。彼女は仕方なく縁談話を探しはじめた。しかし噂が広がる中、自分の娘を郎立に嫁がせようとする者はいなかった。仕方なく、仲介人の女に金を払い、十数里離れた興庄に暮らす秀英を探し当てた。

秀英が郎家に到着すると、当たり前のように盛大な宴会が開かれ、婚姻の儀式が行われた。その後、客たちが帰ると、秀英は介添人の手で寝所へ連れて行かれた。頭に花嫁のかぶり物をしたまま夜中まで待ったが、新郎は現れなかった。ちょうどその頃、新郎と兄嫁が別れを惜しんでいることなど知るよしもなかった。兄嫁は強気にも郎立を自分の前に跪かせると、たとえ妻を娶っても自分を大切にすると誓わせ、一糸まとわぬ姿で自分を抱くよう求めた。郎立のすげない態度に兄嫁は涙を流し、抱いてくれとせがんだ。兄嫁の涙を見た郎立は急に燃え上がり、彼女の足を押し開き、激しい勢いでせまった。喜んだ兄嫁は声を殺して泣き、体を震わせた。事を終えた郎立はぐったりとなった。兄嫁は彼に服を着せると、ようやく花嫁の所へ行くことを許した。

郎立がふらふらと寝所へ行くと、ベッドの前に座る真っ赤なシルエットが目に入った。近付いてそのかぶり物を取った郎立ははっとした。明るい月のような顔に浮かんだつぶらな瞳が、責めるようにこちらを見ていたのだ。興奮した郎立は秀英を押し倒し、あっという間に服を脱がすと、兄嫁に教わったとおりに体を動かした。しかし肝心な所に思うように力が入らず、何度試してもうまくいかないので、自分で引っぱったりもんだりしはじめた。秀英は声も立てなかった。怒った郎立は拳で彼女を殴って泣かせたが、それでも声を立てずにいた。こうして郎立は無理やり事を終わらせた。それ以来、郎立は秀英の涙を見ない限り、泥のようにぐったりとしたままで、行為ができなくなってしまった。

こうした生理的な理由に加え、さらに兄嫁のこともあり、郎立は秀英を虐待した。秀英はこの家に嫁いで以来、毎日早起きをして庭を掃除し、家畜に餌をやり、兄嫁の尿瓶を掃除した。兄嫁も苦労人ではあったが、どうしても秀英を疎ましく感じてしまい、つらく当たるのだった。昼は兄嫁に叱られ、夜は自分を殴って泣かせる夫につくさなければならなかった。一年後、秀英は女の子を産んだ。しかしその子がひと月も経たぬうちに亡くなると、そのせいでまた夫は秀英を殴った。苦しみと怒りが、恨みへと変わっていった。夫と兄嫁との不可解な関係を目にするたびに、この家に対する憎しみはますます大きくなり、反抗的な気持ちが芽生えはじめた。

秀英が逃げ出したのは翌年の六月で、大干ばつの時だった。春から夏にかけて一滴の雨も降らず、黄土高原の土は牛車が通ると煙のように舞い上がり、木や草はことごとく枯れはてた。その日の朝、秀英は庭を掃除し、外でカヤツリグサを摘んできて牛に食べさせた。この草は北方や北西部の黄土高原に見られる、緑色の細い葉をもつ植物で、根が深いために干害や水害に強く、成長も早い。根は香附子と呼ばれ、筋肉をほぐし血行を高める漢方薬になる。干害の時期にワラがなくなると、これが牛の主食となる。あぜ道に立つと、枯れてしなだれた麦の穂と、用水路のわきに生える元気なカヤツリグサが目に映った。人の食料は枯れているのに、牛の食料は生きている。農作物は乾燥に耐えられないのに、カヤツリグサは寒さにも耐える。それはどこか人に似ている。愛されずに育ったものが根をしっかりと張る一方で、手をかけられて育ったものはひ弱だ。とはいえ、カヤツリグサも結局は牛の餌になるしかない。そう、これが運命というものだ。秀英はカヤツリグサを引き抜き、その根をじっと見ながら自分の運命を思った。苦しさに涙が出たが、頭をふり、草を背負うと村に戻った。村にもうすぐ着くという時、誰かが大声で叫んだ。「秀英、秀英、早く戻った方がいい。郎家の次男坊のようすがおかしいんだ」

人に背負われて帰ってきた郎立は、口から泡を吹いて、戸板の上にころがっていた。驚いた兄嫁はその場に座り込んでいた。秀英は草の束を下ろすと、夫に駆け寄り、人中《じんちゅう》のつぼを押し、冷たい水を顔に吹きかけた。夫はゆっくりと目を覚ましたが、目はどんよりとし、あいかわらずぐったりしたまま、気がふれたように「喉が渇いた。頭が痛い」と弱々しい声をあげるばかりだった。日が西に傾くころになっても体の熱は下がらず、そのうち人々は帰ってしまった。

郎立は雨乞いの儀式のために村の長老に呼ばれ、その途中で倒れたのだ。日照り続きで麦が実らないことを村人が心配したため、長老は若者を集めて雨乞いの儀式を行った。儀式は長老が頭《かしら》となり、十二歳以上の男子を招集する。まず、こぞって村の西にある龍王廟に参拝し、黒、白、黄、赤の四色の四海龍王の像を祀り、長老が三本の線香を立て、供物を奉納する。奉納するのは、粉を蒸して作った〝仏手〟、〝石榴〟、〝寿桃〟、〝蓮花〟をそれぞれ四つずつと〝九絲十八彎〟という油で揚げたお菓子、春雨のように細い〝麻花〟などだった。その後、長老が龍王に対して三跪九叩頭の礼をして祭文を焼く。祭文にはこんな文句が書いてある。

地にひれ伏して祈る
慈悲深く威厳に満ち、悪を懲らしめ善を助け、祈りに必ず応じてくださる黄河龍王様、長らく干ばつが続き、生きる物は塗炭の苦しみに喘いでいる。恵みの雨を降らせ、万物と民を潤したまえ。苦しみから民を救いたまえ。直ちに民を救いたまえ。畏れながらここに申し上げ奉る。
供物を収めたまえ
甲子六月六日

祭事が終わると、長老に選ばれた、郎立をはじめとする四人のたくましい若者が、青いひとえの上下を身にまとい登場する。頭に柳の枝の輪を載せ、〝有求必応（求めれば与えられん）〟と書かれた赤い鉢巻をし、それぞれが手にした赤い布を巻いた棒を〝口〟の字形に交差させ、龍王像をかつぎ、長老の「出発」の号令のもと、外に出て行く。ソーナ（訳注 ラッパのような中国の伝統楽器）を鳴らす者が先頭となり、一行は町をねり歩く。喪服を着た十二歳以上の男子があとに続き、張り子の道具や舞台、オンドルの部屋などを掲げながら行進し、最後に龍王廟へ戻る。これを人々は〝晒龍君〟と呼ぶ。雨乞いは六月六日から十二日のあいだに行われる。まさか郎立が暑さに倒れ、担がれて家に帰ってくるとは予想もしなかったが、儀式はそのまま続けられた。

日が暮れるころ、郎立は薄い粥を飲み、起き上がって兄嫁に聞いた。「俺、どうしたんだ?」兄嫁が答えた。「死にかけたのよ。それもこれもみんなこの疫病神のせいよ。あんたが倒れても、この子ったら涙の一つも流さず、元気よく飛び回っていたんだから」茶碗を片付けていた秀英は言い返した。「お姉さんこそ、人にあたるのはやめてください。たとえこの人が死んだって喪主はお姉さんじゃないんだから」兄嫁は怒って「この子を叱っておやり」と命令した。郎立が棒を手に秀英を追いかけると、秀英は頭をかばいながら部屋のすみに逃げた。郎立は「跪いて姉さんに謝れ」と言いながら秀英を叩いた。言う事を聞かない秀英を見て、今度は棒を兄嫁にわたし、兄嫁に叩かせた。兄嫁が何十回も叩いて疲れてくると、再び郎立が「悪いのはお前だぞ。思い知らせてやる」と言いながら叩き続けた。それでも秀英が意地を張っていると、今度は麺棒で叩きはじめたが、十数回ほど叩くうち棒が折れてしまった。耐えかねた秀英は麺棒を奪い取ってわきに放り投げ、頭から夫に突進した。ひっくり返った夫は壁にもたれるようにしてやっとのことで立ち上がったが、秀英はそのまま家を飛び出し、暗闇をひた走った。兄嫁は「どうせ何もできやしないよ。放っておきなさい」と言い放った。

真夜中にようやく実家にたどり着いた秀英は、母親に抱きついて大声で泣きながら事の顛末を話した。怒った父親は「ここにいればいい。郎家なんかに戻る必要はない」と言い、郎家から何も言ってこないのを確認すると、秀英を帰すつもりはないので、きっぱりあきらめるようにと手紙で伝えた。ところが思いがけず秀英が妊娠していることがわかり、十か月後に男の子が産まれた。闞の姓を継がせ、闞無法と名付けた。この息子は秀英にとって生涯心配の種となった。

月日が流れ、無法が二歳になったころ、向かいの峰に閻錫山部隊が駐屯するようになった。小隊長は黄河河畔の于家湾出身の于という男だった。于小隊長には四人の娘がいたが、息子はいなかった。妻も三十を過ぎており、後継ぎはあきらめていた。自身も四十を過ぎていたので若い頃のような気概はなく、それなりに駐屯地での任務をこなし、隠れて阿片を売っては小銭を稼ぎ、いずれは妾にでも男の子を産ませようなどと考えていた。

毎日のように家を出入りする秀英の美しい姿を目にし、眠れぬ夜を過ごしていた于小隊長は、人に頼んで秀英のことを調べさせた。そしてある日、機関銃を肩にかけ、数人の仲間を伴って現れると、秀英の父親に面会し、護衛兵の手から百元の銀貨をわたし、秀英を妾にした。年齢は離れていたが、秀英はかわいがられ、一年後には男の子が生まれて于中と名付けられた。子供が一か月の時に盛大な宴会を開いたが、名前の〝中《チョン》〟が〝終《チョン》〟の音と同じだったのが災いしたのか、数日後、于小隊長は黄河の対岸で銃に撃たれた。秀英は血まみれの姿で部下に運ばれてきた遺体を抱いて泣き叫んだが、夫が生き返るわけもなく、自分の不運を呪うしかなかった。

不幸は続くものだ。一九四〇年、父親が解州の塩池で日本人の銃剣に刺されて死んだ。知らせを受けた秀英はその夜のうちに現地へ向かい、死体の山から父親を探し出し、家に連れ帰って葬儀を行った。その涙も乾かぬうちに、弟が稷山で起きた軍の反乱で、閻錫山の将校に殴られて死んだ。遠方でしかも混乱した状況だったため遺体すら戻ってはこなかった。彼女はヤオトンの上で二日間泣いた。その後、五歳になった息子の無法を母親に預け、布団包みを持つと馬に乗り、于小隊長の上司である毛大隊長のもとに身を寄せた。おしゃれをして小さな于中を抱いて馬に乗り、毛大隊長に阿片を運んでは二人分の生活費を稼いだ。出発した日は大雪だった。中条山も黄河も雪におおわれ、対岸の終南山も雪に埋もれてしまっていた。すべてが雪に包まれると、三つの省が交わるこの黄土高原の果てしない寂しさが際立った。その神秘的で捉えどころのないようすが、目まぐるしく変わる状況を象徴しているようにも感じられた。ある時は閻錫山の部隊が駐屯し、ある時は日本人の支配下になり、またある時は別の武装集団が現れる。馬を進めながら、秀英は暗澹たる気持ちになった。果てしないこの黄河や山の奥深く、もしくは高原のどこかに、安らかな生活を求めることができるのだろうか……。

黄河は幾重にも蛇行している。山陝高原から勢いよく出発し、終南山にぶつかって東に蛇行し、三門峡を抜けて水の流れがゆるやかになる。途中、この山西、陝西、河南の三省が交わる地域を蛇行しながら勢いを増し、壺口瀑布となり、潼関や風陵の渡し口を通り抜けて三門峡に至るのだ。中条山の南側の細長い地帯は古来より中華民族が息づいた場所で、文化発祥の地でもある。三皇五帝（訳注　古代伝説上の帝王たち）や堯、舜、禹（訳注　三聖とも言われる古代の伝説上の聖王、聖天子）の遺跡もみなここにある。春秋戦国の世から数々の逸話があり、近代では楊虎城が率いる八百の将兵が日本人と戦い、黄河に身を投げて壮絶な死をとげた。一帯は海抜四百メートルを超え、黄河が横たわる先に中条山と終南山がそびえ立ち、大地の猛々しさと力強さを感じさせる。この辺りは情熱と気概だけでなく、人情味と奥深さを持ち合わせた土地柄で、歴代王朝が残した数々の感動的な物語も残っている。この地に、元代に建てられた有名な永楽宮がある。当時は道教が盛んで、唐代の道教仙人と呼ばれた呂洞賓が祀られている。廟内には士大夫の服装をまとった風格ある人物の壁画が多数あり、訪れる人々を魅了し、休日ともなれば多くの善男善女が祈りにやってくる。この日、近所の永楽村に住む子供たちがここで遊んでいた。ある子供がこんなことを聞いた。「あの目を見開いた仙人の口ひげの下には何があると思う?」すると他の子供が「口に決まってるだろ」と返した。「残念でした。たぶん蛇の穴があるのさ。だって蛇を手に持っているじゃないか」すると目の大きな子供が像の足もとによじ登り、口ひげの下を触り、「何もないよ。ただの泥さ」と言った。その瞬間、子供はバランスを失い、ひげをつかみながら台座から落ちた。子供たちは大騒ぎしながら一目散に逃げた。大きな目の子供もそのまま家まで走って帰った。

子供の名前は王云信。両親は念仏を唱えて精進する在家の信者で、云信がほこりにまみれて飛び込んで来た時も、ちょうど家の中で念仏を唱えていた。驚いた父親は「そんなに慌てて、いったいどうしたんだ?」と聞いた。はじめのうち云信はなかなか口を割らなかったが、ついに父親の詰問に負け、仙人の口ひげを取ってしまったことを白状して殴られた。云信は罪を詫びるために、母親につきそわれて線香を上げに行った。その後、彼は両親とともに精進し念仏を唱えるようになり、おとなしくし祠堂の小学校へ通った。勉強はわりとよくでき、四書五経、諸子百家は概ね理解し、新しいことも学んだ。小学校を卒業したころ、たまたま犠盟会（訳注　正式名称は山西犠牲救国同盟会。抗日民族統一戦線の組織）の幹部が訓練班の生徒募集をしているところに通りかかり、歩きながら「三民主義は民生、民主、民権（訳注　原文まま。一般には民生、民族、民権）」と唱えていたところをスカウトされ、五老峰のふもとの軍事学校で二年半の訓練を受けることになった。クラスの担任はのちの県の共産党委員会書記になった人で、在学中の云信を党の秘密工作員に育て上げ、卒業後は、偽軍（訳注　日本の傀儡軍）に潜入させ、黄河の于家湾の中隊長として、党に情報を送るという任務を与えた。

駐屯中の仕事がさほど忙しくなかったこともあり、仏を信仰していた云信は医学書を読み、たびたび故郷へ戻っては、長年中国医学の医者として働いていた本家の当主に教わって少しずつ医学を学ぶようになった。駐屯先で病人を診ることもあり、そうするうちに黄河沿いの村々で名が知れわたり、いくらかの稼ぎを得ることもあった。ある時、一人の若い女が四歳の子供を連れてきた。子供は風疹で、全身に赤い水ぶくれができていた。病気について知識のない母親は、駐屯地で診療している云信のことを聞きつけて慌てふためいてやってきたのだ。云信は薬を処方し、普通の風疹だから安心するようにと女に言って聞かせた。女はほっとしたと同時に、金を持ってこなかったことに気付き、何度も礼を言いながら、必ず治療費を持ってくると約束した。云信は「たいしたことではないから、その必要はない」とおおらかに言い、手を振って親子を帰らせた。女は云信のことを、まるで薬屋に座っている漢方医のようで、軍人らしさのない人だと思った。自分は危ない橋を渡りながらやっとのことでその日を生きている。息子が病気にでもなれば、本当に困るのだということを実感した。この女こそが、どん底の生活をしていた闞秀英だった。日本人が晋南を占領した時、毛大隊長は姿をくらまし、残された女たちはその場にとどまることもできずに于家湾へ戻り、土地を耕して暮らしていたのだ。男手のない生活は心細く、子供が病気になるだけで大変だった。

于中の風疹が治ると秀英は治療費を届けに行った。しかし母一人子一人であることを知った王云信はそれを受け取らなかった。秀英は感動して涙を流した。数日後、王医師のもとに手縫いの靴が届いた。きれいに仕上げられた靴はじつに足になじんだ。云信は感心した。あの女は気が利いて賢いうえに、手先が器用で器量もいい。運が悪いだけなのだ。自分の家も貧しく、両親はさっさと三歳年上の片目の不自由な女との縁談を決めてしまったが、これもまた運命なのだろうと思っていた。その後、云信と秀英は少しずつ往来を重ねるようになり、云信が秀英にお金を世話してやることもあった。最初のうち、秀英はそれを受け取ろうとはしなかったが、のちに云信の服を洗濯する代わりにお金を受け取るようになった。二人の気持ちは通じ合い、秀英は云信のことを、人生をかけられるほど信頼できる人だと思うようになった。云信も、手先が器用で女らしい秀英を二番目の妻にしたいと思い、人を介して于家に縁談を申し込んだ。死んだ于小隊長の兄は秀英と子供の面倒を見ているわけでもないのに、秀英を嫁に出すことには反対した。しかし秀英は考えた。今の生活には将来の保証もないし、こんなに良い人にめぐり合う機会は滅多にないのだ。そこで于小隊長の本妻に話をつけ、息子の于中を彼女に差し出し、自分は王云信のもとへ行くことを決心した。こうして于家の生活は経済的に多少潤うこととなったのだが、秀英の心には時折、身を裂かれたかのような痛みが走るのだった。

闞秀英は王云信とともに激動の時代に翻弄された。党の地下組織との連絡が断たれると、云信は河南や陝西などの地へ行き、医療行為を行った。数年が経ち、二人の女の子が生まれた。二番目の子が産声をあげたとき、中華人民共和国が建国された。云信は県の中心都市の薬屋で漢方医となり、家族そろってこの地に根を下ろした。その後、官民共同の医院が作られ、云信はそこの正式な医師となった。

二人の娘はそれぞれタイプが違った。美しく気が強い長女の虞玉は、中学卒業後、高校には合格できなかったが、地域の演劇学校に合格した。しかし、隣人である県委員会の宣伝部長は、伝統劇などを学ぶより補習学校へ行かせるべきだと両親に勧めた。云信と秀英はこの人物をとても尊敬していたので、娘を補習学校へ一年間通わせ、その後に高校を受験させた。しかし虞玉は役者になることをあきらめきれず、学校の文芸宣伝部隊の中心となり、勉学に励みながらも伝統劇を演じた。

　お転婆で体を動かすのが好きだった次女の秦玉は、毎日卓球ばかりをして、勉強は好まなかった。中学には合格できなかったので、農業中学に進学した。進学後もあいかわらず卓球を続け、街のアマチュア卓球大会で優勝するなど、勉強と卓球の二本立ての生活だった。

　云信は家族を養うため医師の仕事に専念した。秀英は家事を切り盛りし、二人の娘を育てながらも、山のふもとと河のほとりにそれぞれ暮らす二人の息子のことを気にかけていた。

　故郷である山のふもとの興庄村はあいかわらず貧しく、狭い畑に作物を育てながらやっとのことで生活していた。闖無法が十三歳の時に祖母が亡くなり、心を痛めた秀英は、葬儀のあとで、農具を買う足しにと、息子にいくらかの銀貨をわたした。国家の体制が変わっても、この村の暮らしは衣食がなんとか足りる程度にしかならなかった。無法は小学校を卒業し、あっという間に嫁をもらう年頃になっていたが、経済的に苦しく蓄えもなかった。情に厚く善良な王云信は、秀英が息子のために蓄えを使うことを許した。

　河のほとりに住む息子の方は志をもった子で、中学を卒業すると自ら旋盤の技術を学んだ。しかし生活はきびしく、秀英はたびたびお金を与えた。秀英は自分が分身の術でも使えれば、三か所の家に同時にいられるのにと歯がゆく思うのだった。

　運命とはおもしろいもので、秀英がそれぞれの子供たちのために奔走している間に、また子供ができた。十か月後の激しい雨が降る日に男の子が生まれ、夫婦はとても喜んだ。雷鳴が響き、庭が水浸しになるようすを見た云信は、沢玉という名前にしようと言った。

沢玉は運が悪く、ちょうど家計が苦しい時に生まれた。当時、二人の娘が学校に通い、さらに二人の息子の面倒を見ていたにもかかわらず、云信の給料は数十元しかなかったのだ。秀英は裁縫を習い始めた。もともと腕がよかったところに、先生から手ほどきを受けたことで、あっというまに技術を身につけて縫製工場で働くようになった。その後、家事が忙しくなると、家で仕事をするようになり、人に服を作って生活の足しにした。職人の家となった云信の家は、街の人との付き合いが多くなった。

沢玉が小学生になったのは一九六四年だった。云信は息子に期待し、幼い頃から春秋時代の人物の話や三国志の物語を話して聞かせた。息子には忠義に厚く、慈悲深く、才能ある男になってほしいと願っていた。本をたくさん読ませ、できれば何か技術を身につけさせたいとも思った。息子がなかなか賢いことが分かると、小学二年生の時に湯頭歌（訳注　清代の医学書で、薬の知識を韻文で覚えやすく書いたもの）を暗記させ、『黄帝内経』（訳注　現存する中国最古の医書）を読ませた。沢玉は覚えるのも忘れるのも早いタイプだったが、それなりに感化されたようで、小説やその他さまざまな本を大量に読むようになった。秀英は子供につくす母親で、雨の日も風の日も、毎朝五時過ぎに沢玉を学校へ送った。二十四孝故事（訳注　古代の孝行者の物語を集めたもの）を話して聞かせ、本を読ませ、将来はちょっとした役職にでもつくような自慢の息子になってくれることを望んだ。両親の愛情に包まれ、沢玉は落ち着いた子供に成長した。自分はこの家の希望なのだと思っていたし、自分の将来に何の不安も感じていなかった。

文化大革命の波は小さな街にも洪水のように押し寄せた。まず県委員会の書記が打倒され、県のトップが引きずりおろされた。革命委員会が組織され、さまざまな司令部も組織された。王云信も反革命のレッテルを貼られて思想改造を受けた。自殺する者や殴られて死ぬ者もいて、多くの人々が苦しめられた。云信はレンガ工場の専政隊（訳注　反革命と判断された者はここに送られ思想改造を受ける）へ送られ、毎日レンガを運ばされた。心配のあまり、秀英の髪はひと月で真っ白になった。つてを頼り、三十元を専政隊の隊長に渡し、やっと夫との面会が許された。彼女は沢玉を連れて面会に行き、声を殺して涙ながらに「何としても生き抜いて。子供だってまだ小さいのよ」と夫に訴えた。沢玉が「父さん、大きくなったら僕がこの仕返しをしてやるからね」と言ったので、秀英は慌てて息子の口をふさいだ。云信はだまってうなずき、心配させないために自分の肋骨が折られたことを隠し、手を振って妻と子供を見送った。帰り道、秀英は慣れない肉体労働で痩せおとろえた夫の姿を思い浮かべた。どうしても栄養をつけてやりたくて、専政隊長にタバコを贈り、食事の差し入れを許してもらった。その後の数か月間、毎日のように、素焼きの容器に入った昼食を息子の沢玉が届けた。この姿は現場の看守の心を動かした。隊長に心付けを送っていたのも功を奏し、さらに云信が現場で病人を診ていたことが評価され、帰宅して改造教育を受けることが許された。こうして云信はなんとか生きて帰ることができた。

専政隊から帰ってくると、云信は郊外の村で農場労働をすることになった。農家で育ったので労働はつらくなかったが、収入がないせいで、正月を迎えるための爆竹さえ買えないほどの生活だった。沢玉は、よその子供が爆竹を鳴らすようすがうらやましくて涙が出そうになったが、両親の苦労を思って耐えた。秀英は、はたおり機を買い、布を織って売ることにした。二人の娘にも糸つむぎを手伝わせた。裁縫の技術を身につけていた秀英は、布地のデザインのことがよく分かっており、ふちにレースをつけるなどの工夫もこらした。テーブルクロス、ふきん、ハンカチ、シーツ、刺繍を入れた枕カバーなどを売り、家計の足しにした。冬の夜長、布を織る親子の隣では糸車がまわり続けた。そんな時、秀英はよく昔のことを思い出し、「王宝釧寒窯十八載」（訳注　ヤオトンで十八年夫を待ち続けた王宝釧の物語）や、「四郎探母」（訳注　楊一族の活躍と悲劇を描いた『楊家将演義』の一節）の歌などを歌いはじめた。なかでも庶民の物語を題材にした歌は心を打つものがあった。その内容は痛ましく、しのび泣くような旋律だった。

黄河が東に流れ、どれほどの歳月が経つのだろう
天の無情は、どれほど長く続いたろう
富める者は線香もあげられ、豊かに暮らせる
貧しき者はただ経を読み、粗末な食事をとる
……
不幸から抜け出そうとしても、この身は苦しみ患うばかり
苦しみから抜け出そうとしても、落ちぶれたまま一生を終える
黄河が西に逆流し、天地が逆転し、
山は公平に南北両方へ傾き、太陽と月は平等に輝いてほしいものだ
……

秀英は歌いながらこう言った。「この地域に住む女性はみんな苦労したのよ。竇娥（訳注『竇娥冤』という元曲の悲劇のヒロイン）を見てごらん。彼女は冤罪で死んだのではないの。苦しんで、泣いて死んだのよ。死んだ日には六月だというのに雪が降ったわ」すると云信が言った。「『女媧補天』の話もあるぞ。女媧（訳注　伝説上の女帝）は息子が死んで七日間泣き続け、そのあとで天を補修して人を創ったんだ。これも中条山あたりの話だとされている」隣でこの話

を聞いていた沢玉はすっかり気がめいってしまった。

月日は流れ、文革の一番苦しい時期も秀英の努力によってなんとか切り抜けた。一九七六年には云信の名誉が回復して衛生院で働けるようになり、秀英もやっとひと息つけるようになった。息子の沢玉は協調性のなさが仇となり、文革のころは学校でもたびたび反動分子扱いをされていたが、その分発奮して勉強したせいで成績はつねに一番だった。高校も重点学校へ入学し、文革が終わると大学に入り、その後は大学で教鞭を取った。これで秀英の心配の種が一つ片付き、どれだけ安心できたか分からない。とはいえ、これはまだ後の話だ。

息子が大学に入ったことで、秀英は自分の苦しかった人生が好転したように感じた。苦しい運命を背負って生まれたが、彼女は運命に屈せず、貧しさを勤勉さで補い、苦しみを愛で乗り越えてきた。昔から人々が受け継いできた生きるための知恵に支えられ、彼女は耐え忍んだ。沢玉が大学に入った初めての冬休みに、秀英は彼を連れて故郷へ墓参りに向かった。山の背に立つ墓の前に跪き、中条山と黄土の斜面に向き合うと、熱い涙がこみ上げてきた。半世紀の苦労を思い、海抜五百メートルの台地と草原の上で、おいおいと泣いていたところを沢玉になだめられ、彼女はもうひとつの気がかりの方に目を向けた。

改革開放（訳注　一九七八年からはじまった国内体制の改革と対外開放政策）がはじまると、闇無法は果樹園の経営をはじめ、数百元の年収を得るようになり、子供たちも働いたり学校に行ったりと、まずまずの生活ができるようになった。しかしそんな時に問題が起こった。問題の発端は秦玉だった。秦玉が農業中学を卒業したのはちょうど文革の時代で、仕事もなく、医学を少し学んだがものにはならず、結局は体育教師と結婚することになった。だが、この夫がなかなか山っ気の多い男で、教師の仕事は儲からないと判断すると、すぐに副業をはじめた。最初はビリヤード場を経営し、その次は運送業をはじめ、広東や福建に山西のりんごを運んだ。はじめの二年は商売も繁盛し、一年に十数万も稼ぎ、さらに闇無法と組んで仕事をはじめた。無法は手軽に稼ぎたいがためにりんごのブローカーをはじめた。最初はそれでも品質を保っていたが、そのうち小さいものを混ぜるようになったため、福建へ送ったりんごが買い叩かれ、赤字を出してしまった。そこで二年目は誠実に仕事をし、品質を保ち、巻き返しをはかった。しかし運悪く秦玉の家の輸送車が福建で事故を起こし、運転手は助かったものの、十数万元のりんごが谷底に落ちてしまった。秦玉はこのりんごを買い付ける際、虞玉から借金していた。虞玉は高校卒業後、大学に落ちたので劇団に入り、劇団の脚本作家と結婚した。改革開放後は二人とも劇団を辞めて、祝日の特別番組の製作や撮影を請け負う黄河社団を立ち上げ、それなりの収入があったので生活には困っていなかった。虞玉には責任感と情熱があった。夫は文革以前に大学を卒業した人で、学問はできても俗世間のことには疎く、家のことはすべて虞玉に任せていた。秦玉はりんごの資金調達をするとき、虞玉に相談した。虞玉は自分の名義で財産を担保に借金をして十数万元を秦玉に貸しただけでなく、闖無法にも七、八万元を貸した。まさかそこで自動車事故が起こり、負債を背負うことになるとは夢にも思わなかった。しかも身内の三家族が一度に借金を抱えることになったのだ。秦玉は虞玉にも闖無法にも金を返すすべがなく、もちろん無法にしても虞玉に金を返せるわけがなく、当然虞玉は銀行に借金を返せなかった。みんなが市場経済の海の中で転覆し、顔を合わせれば言い争いをし、正月に実家に集まっても、皮肉を言い合い、互いに憎まれ口をたたくのだった。子供たちの負債に悩まされながら、秀英は還暦をむかえた。沢玉と故郷の墓参りをし、自分の実家に戻った時、心の中はますます暗くなっていた。いつになったらこの闖家の生活は上向くのだろう。やはり人は持って生まれた運命には逆らえないのだろうか。

故郷から戻った秀英は裁縫の腕を生かして、さまざまな柄の布でスリッパを作りはじめた。最初は虞玉の会社で売ってもらい、評判が良かったので、今度は人に頼んで炭鉱で売ってもらった。こうして少しずつ収入を得て、お金を貯めてはこっそりと闖無法に送り、虞玉への負債を含め、借金の返済を手伝った。母親が毎日苦労をしてスリッパを作って収入を得ているわりに、生活が潤っていないことに気付いた虞玉は、実家の貯金を調べた。闖無法に送金している事実を知った虞玉は憤りと不満を感じた。自分だって母の子供であり、同じように負債を抱えているのに、なぜ息子だけ助けて、娘を助けてくれないのだろうか。それを母親に問い詰めると、母親は目に涙をためてこう言った。「あの子は貧しいの。子供のころから両親がいない状態で育ったから、あなたよりずっと苦労しているし、チャンスもうんと少なかったのよ。私がこれくらい助けてあげたって、あの子の貧しさを埋めるだけの力はないのよ。どんどん苦しくなるばかりなの」その後の数年間、秀英はスリッパ作りをやめなかった。作った数は十数万足にものぼったが、それは人の足にはかれるばかりで、子供たちの負債を返済するには不十分だった。云信はおおらかにこう言った。「お前はスリッパしか作らないからな。それでは外を歩けないし、儲からないさ」それを聞いた秀英は怒ることもなく、かえってヒントを見つけたとでもいうように、登山靴やカジュアルなズック靴などを作りはじめ、収入をどんどん増やした。しかし闞家は相変わらず借金を抱えたままで、子供たちの負債もなくならなかった。

もう一人の息子である于中の方はまだしっかりしていた。自分で修理工場を営み、数十万の年収があったし、羽振りの良いところ見せ、自分の子供たちにもそれなりの生活をさせていた。しかし秀英は自分の手で于中を育ててやれなかったことを引け目に感じていて、その分を孫たちに返そうと、毎年のように靴を縫っては届け、家に通っては手作りの食事を食べさせていた。

八十歳の時、秀英は長年の過労で倒れた。そのまま病気は治らず、表情も乏しくなった。

そして、嫁入りの時に見た牛の糞や、戦乱の時代の苦労など、昔の話をよくするようになった。夢の中にも、死体の山の中に横たわる父親の姿、于小隊長の血に染まった担架、若い時に殴られた棍棒、文革時代の専政隊の鉄格子などがよく現れた。真新しかった実家のヤオトンがすっかりみすぼらしくなったことを嘆き、子供たちの借金がまだあることを気にかけていた……。

二年後、街の郊外に新しい墓が立った。闞秀英の墓だ。それは遺言どおり北西の黄河の方を向いている。上にはカヤツリグサがしっかり根を張って茂っている。墓のまわりにも同じようにカヤツリグサが生え、盛り上がった墓の草とひとつながりになっている。それはあふれ出る水のように、山に向かい、河に向かい、黄土高原に力強く根を張り、何かを求めるように広がっていた。

脚本

母語

1. [昼・屋内]

ジュネーブ国際生命科学会議会場。ブロンドに青い目をしたアメリカ人の女性博士が『試験管ベビーと倫理の衝突』というテーマで講演をしている。

「人類学的に、養育の概念は変化し続けています。遺伝子上の両親さえ分からないというような状況まで発生する中、多くの法律的な問題が浮上しています。親子の情や血縁関係にも本質的な変化が起こり、人類は新しい問題に直面し、誰もが自己の認識について改めて考え直す時代になりました」[女性博士の英語によるスピーチには中国語字幕をつける]

スクリーンに試験管ベビーと代理母の映像。客席でメモを取りながら眉をよせて考え込む張磬。長身で端正な顔立ち。黒縁メガネの下には知的な目が光っている。

2. [昼・屋外]

ジュネーブ湖湖畔、会場の外。会場から出てきた張磬が青い空を見上げている。まだ何かを考えている様子。ジュネーブ湖は青く澄み、岸には波が打ち寄せている。遠くにはカモメが飛んでいる。音楽とともにタイトル『母語』が徐々に大きく表示される。

3. [昼・屋内]

二〇〇七年八月。[屋外の風景から室内へ] 季節は秋。イチョウが紅葉し、セミが鳴き、草木が鮮やかに色付いている。北京のとある新聞社編集部。校正刷りに赤ペンで修正を入れるショートヘアの方昀。電話が鳴り、受話器を取る。

「分かったわ。人を行かせるわ」

　穏やかできっぱりとした口調。校正刷りのチェックに戻ると、また電話が鳴る。少し眉をしかめ、電話に出る方昀。

「そっちで時間を決めてよ。できれば日曜日がいいわ。土曜日は取材が入っているの」

4.
〔昼・屋内〕
生命科学研究グループの実験室。受話器を置いた張磬。少し考えたあと、あきらめたように頭を振り、パソコンで実験報告を見る。図や数字をチェックし、すぐに仕事に集中し始める。室内には実験器具や標本があり、壁にはいろんな有機化合物の構造式が貼ってある。

5.
〔昼・屋内〕
北京の退役軍人が暮らすマンション内。張磬の両親が住んでいる家がある。広いリビングで張磬、方昀、両親が食事をしている。軍人用のメリヤスシャツを着た老人が杯を持ち、息子夫婦と乾杯をする。

「お前たちの任務は、北京オリンピックの前に孫という金メダルを取ることだ！　なあ方昀、自信はあるかね？　流産を恐れずにやりぬく決意をすることが大事だ。気合の問題だよ。朝鮮戦争の頃、服が不足していた兵士たちは、塹壕で取っ組み合いをして体を温め合ったものさ。出産も似たようなものだ」

母親が不満そうに父親をつつく。

「仕事は休んだほうがいいわ。両立なんて無理よ。妊娠したらしばらくは安静にしてなくちゃいけないの。この人の言うことなんか聞かないで。気合なんて言ってないで、もっと科学的な話をしましょう」

方昀が言いにくそうに口を開く。

「来年はオリンピックだから新聞社にとっても大事な時期なんです。私はデスクだし、妊娠するならその後の方がいいです」

張磐が助け舟を出して少しふざけた調子で言う。

「二年先ぐらいがちょうどいいんだ。専門家によると、ちょうど気候や磁場が変化するから健康にもいいらしいよ」

「何を言ってるの。私を騙そうたってだめよ！　気候の変化なんかに合わせている場合じゃないでしょう。年齢を考えなさい。もうすぐ四十歳になるのよ！」

張磬がいたずらっ子のように方昀に目配せし、二人とも黙って食事を続ける。

6.

［夜・屋内］

整頓された方昀の寝室。壁には油絵。ロシアの画家レーピンの『ボルガの船曳』。机の上にはパソコンがあり、その両側にはスピーカーが接続されている。物悲しげなチャイコフスキーの交響曲が流れている。シングルベッドの中で張磬が息を荒げながら方昀にキスをする。それをやさしく引き離す方昀。

「ごめんなさい。今日はそういう気分になれないの」

「子供のことが気になるの?」

「お母さんの言うことは正しいわ。私は流産しやすいし、肝心な時に休暇もとれない。分身の術でもできない限り無理よね」

「分身の術?」

張磬は女性博士のスピーチを思い出している。

回想—ジュネーブ国際生命科学会議の風景。女性博士の声「養育の概念は変化しています」

試験管ベビーや胎児の標本が目の前に浮かぶ。

張磬が急に起き上がり、興奮したように方昀に何かを話し始める……。

7. 【昼・屋外】

夕暮れ時。北京頤和園の昆明湖湖畔。方昀と母親が散歩している。白髪にメガネの母親。

「なんだか久しぶりね。あなたが湖畔の散歩につきあってくれるなんて。国家の一大事でも相談に来たの？　お偉い記者さん」

「母さん、人は年を重ねたら優しくなるものでしょ。そんな言い方しないで」

「フフフ。日頃話を聞いてくれる相手がいないから勘が鈍っているの。期待しないで」

「代理出産ってどう思う？」

「張磬はそこまでして子供がほしいなんて言わないでしょう？」

「彼の両親が強く望んでいるの。私もいい年だし、あせる気持ちも分かるのよ。だけど来年はオリンピックがあるし休暇なんか取れないわ。韜奮賞（訳注　報道関係者に与えられる賞）を取るまたとないチャンスよ。それに私は流産しやすいでしょう？　そこで彼がこの方法を思いついたというわけ」

「私だって経験がないから分からないわ。だけど、私のお腹から出てきたからこそ、あなたはこうして私につきあってくれてるんでしょう？　命も成長も一つの過程よ。その過程を省略したり、人に代わりを頼んだりして一線を越えていいものかしら。まあ、好きなようにやってみなさい」

「母さんの哲学の講義はさっぱり分からないわ」

　母親は念を押すようにゆっくりしゃべった。

「梨の味は、食べてみなくちゃわからないってことよ」

8.　[昼・屋内]
　北京懐柔飛騰撮影所。ドラマの撮影中。助監督の声
「撮影用意、五、四、三、二、……」

　エキストラの李妍がドレスを着た女官たちとともに正殿へ入っていく。女官の靴を履き慣れないせいで歩き方がぎこちない。

「カット！　おい李妍、それじゃあ女官というより棒だよ。やり直し！」

　同じシーンを繰り返すうち、緊張のあまりバランスを失い座り込んでしまう李妍。

「カット！　素人は時間ばかりくって困る」

　泣き出す李妍。

9.
【夜・屋内】

休憩中の撮影班。監督と数人のスタッフが部屋でビールを飲んでいる。

「李妍を連れてきたのは誰だ。使い物にならないぞ。目は大きいばかりで表情がないし、歩く姿はまるで体操だ。なんとかしろ！」

扉の外でたまたまこの話を耳にした女優の甲が、そっとその場を離れる。

10.
【夜・屋内】

部屋で泣きじゃくる李妍。女優甲が入ってくる。あたりに人がいないのを確かめ、李妍にそっと耳打ちする。話を聞いた李妍は、甲を抱きしめ、荷物をまとめる。

11.
李妍の回想―
芸術学校のレッスン室で、トレーニングウエアを着た李妍と仲間たちが軽やかに踊る。しなやかなダンスに李妍の美しい体のラインが映える。希望に燃えた李妍とその仲間たちが飛騰撮影所へやって来る。はじめての衣装合わせ。

12.
【夜・屋内】

李妍の悲しい瞳のクローズアップ。回想から我に返った李妍。髪を整え荷物を背負う。もう一度部屋をながめ、名残り惜しそうに出て行く。

13.

［夜・屋内］

北京の喫茶店。客にお茶を運ぶ李妍。うっかりカップをすべらせて茶碗を割ってしまう。客に謝る李妍。

14.

［夜・屋内］

深夜。北京の賃貸ルーム。狭い部屋にシングルベッドが二つ並ぶ。ルームメイトはすでに寝ている。携帯電話をじっと見つめる李妍。

字幕―父さんが胃がんになった。二週間以内に五万元の手術費が必要。

眠れずに寝返りを打つ李妍。

15.

［夜・屋外］

バーが並ぶ三里屯の繁華街。一軒一軒に顔を出して営業をする李妍。ネオンがきらめいている。サングラスをかけた男がやってきて、李妍を引き止め、話しかける。うなずいて男についていく李妍。

16.
【夜・屋内】

北京のアパート。ゆっくりと服を脱いだ李妍が、恐る恐るベッドの前にいる男を見る。毛むくじゃらの欧米人。男は李妍に近付き、抱きしめてキスをする。震える李妍。男が彼女をベッドに突き倒し、乱暴に乗ってくる。恐怖に耐えられなくなった李妍は叫び声をあげて飛び起き、慌てて服を着て部屋を飛び出す。ベッドに座った男がやれやれと頭を振る。

17.
【夜・屋外】

動転したまま街をさまよう李妍。にぎやかな街の中では一層強い孤独感を感じる。そのまま当てもなく歩き、ネットカフェに入る。

18.
【夜・屋内】

ネットカフェ。すすり泣きながら涙をぬぐう李妍。何かを探すように画面を見る。

19.
【昼・屋内】

病院の長い廊下。青ざめた顔の方昀が白いコートを着てゆっくりと歩いてくる。その姿は妊婦のようにも見える。張磬が方昀の体をささえる。

「痛かった?」

　うなずく方昀。

「僕の手術は君のより気楽なもんだ。ハハハ!」

　方昀が気まずそうにあたりを見回し
「静かにして!」と言う。

20. 〔昼・屋内〕
　字幕―十数日後
　病院の長い廊下。赤いコートを着た李妍が颯爽と歩いてくる。張磬が声をかける。

「どうだった?」

　李妍が答える。

「大丈夫。成功したみたい。どうぞ仕事に行ってください」

21. 〔昼・屋内〕
　新華書店。カートを押しながら本を選ぶ張磬。
　本のクローズアップ―『胎教と赤ちゃんの成長』『よいママになるために』
　熱心に本を選ぶ張磬。

22.

［昼・屋内］

ＣＤショップ。ＣＤを選ぶ方昀。

クローズアップ―『ヨハン・シュトラウス円舞曲』『クレイダーマンのピアノ曲』

23.

［昼・屋外］

郵便局。送金を終えて、ほっとした様子の李妍。

24.

［夜・屋内］

方昀と張磬の家のリビング。キッチンから料理の皿を運んでテーブルに並べる李妍。

「張先生、できましたよ」

張磬がリビングに入ってきて食器棚からグラスを出し、酒の瓶を開ける。方昀がエプロンをはずしながらキッチンから出てくる。三人で食卓を囲む。方昀がグラスを持ち、李妍と乾杯する。

「私たちに協力してくれてありがとう。心からあなたを歓迎するわ。あなたはきれいだし、一目で気に入ったわ。きれいじゃない人は嫌なの」

するど張磬が言う。

「なんだか二人はレズみたいだ。さあ、我々の子供のために乾杯だ。李妍も少しなら飲んでも平気だろう。生物学者の僕が言うんだから大丈夫だよ」

うなずく李妍。

「こんなチャンスをくれて感謝しています。いろいろ勉強します」

25.【夜・屋内】

リビング。本をめくりながら、李妍に妊婦の心得を説明する張磬。李妍はひざの上に本を置き、素直に聞いている。

26.【夜・屋内】

深夜。李妍の部屋。電気スタンドの灯りがつき、机の上には開いたCDが置いてある。部屋には弦楽四重奏が流れる。微笑みを浮かべながら寝ている李妍。枕元には『よいママになるために』の本。寝巻き姿で部屋に入ってきた方昫が、李妍の布団をかけ直してやる。音楽を止め、電気を消して部屋からそっと出て行く。

27.【夜・屋内】

深夜。張磬の部屋。張磬がパソコンを開き論文を書いている、方昫が一杯の水を持って入ってくる。

「また徹夜なの？　ほどほどにね」

　張磬が振り返って方昀の腰を抱きしめる。

「疲れているのは君の方だろ。気分はどうだい？」

「平気よ。でも少しだけ喪失感みたいなものを感じているわ。きっと私は十か月間お腹で子供を育てる母親の感覚を、一生味わうことはないんだろうなって。失ってはじめてその貴重さが分かるわ」

　張磬が立ち上がり、方昀を抱きしめる。

「何があっても僕が君を愛する気持ちは変わらない。君は僕にとって最高の女性だ」

　張磬は激しくキスするが、方昀は冷静なままだった。張磬が方昀を見つめる。

「大丈夫？」

「家に他人がいることにまだ慣れないだけ。なんだかよそにいるみたいで、リラックスできないの」

「君はデリケートだからね。ゆっくり慣れていけばいいさ」

28.　【昼・屋内】
　字幕――数か月後

豪雪に見舞われた南部地方。高速道路で立ち往生する車の長い列。方昀は白いダウンを着て、人々の間を駆けまわり取材をしている。［この撮影は特殊技術を使用してもよい］

29.

［夜・屋内］

南部のとある場所。取材用の車の中。数人の記者が座席で服を着たまま寝ている。方昀はノートパソコンで必死に記事を書いている。時々立ち上がって歩きながら考え、また思いついたように座ってキーをたたき続ける。できあがった原稿をチェックして送信する。窓の外では夜が明けている。席を探して眠りにつく方昀。

30.

［昼・屋内］

北京の病院の産婦人科。張磬が本を読みながら廊下で待っている。にぎやかな病院内。しばらくすると李妍が診察室から出てくる。お腹が大きくなり、歩みはゆっくりとしている。張磬は彼女をささえながら病院を出る。

31.

［夜・屋内］

リビング。李妍と張磬が一緒に食事をしている。食欲旺盛な張磬に比べて、李妍は食欲がなく、ゆっくりとスープを口に運んでいる。突然気分が悪くなり、トイレへ駆け込み激しく嘔吐する。なかなか吐き気が収まらない。張磬がドアの外から様子をうかがい、心配そうに頭を振る。しばらくして李妍が出てくる。弱り切った彼女はそのままソファーに横になる。水を運んできた張磬が

「すまないね。少ししたらきっと良くなるだろう」

と声をかける。

「私が望んでやったことだから」

か細い声で答える李妍。

32.

［夜・屋内］

すでに深夜。ソファーに座ったまま足を洗う李妍。体を曲げるのもおっくうそうだ。キッチンから張磬がお湯を運んでくる。李妍が興奮したように言う。

「彼女が動いている。感じるわ」

「本当かい？　方昀が聞いたら喜ぶぞ」

「方昀さんにはメールを送りました。どんな事でも張先生に相談するようにとおしゃっていました。ちょっと聞いてみますか？　お医者さんもはっきり分かると言っていました」

張磬は少し躊躇しつつも彼女のお腹に耳を当ててみた。

「聞こえるよ！　元気がいいから、男の子かもしれないね」
張磬は興奮して大きな声を出し、洗面器に入ったお湯をこぼしてしまう。大笑いする李妍。張磬は慌てて洗面器を戻し、床をふき、彼女の足を拭いてやる。張磬は照れくさそうに
「足元が洪水で水浸しだ」と言う。

33.　【昼・屋内】
字幕——二〇〇八年春
会議場で司会者が発表する。
「方昀さんが南部の豪雪被害を取材した〝氷雪被害に寄り添って〟が、全国ニュース大賞を受賞しました」
舞台に上る方昀。拍手が起こる。表彰状を受け取り、おじぎをする方昀。

34.　【昼・屋内】
方昀と張磬の家。お腹の大きな李妍がリビングのソファーで手紙を読んでいる。

（ナレーション—李妍の父親のしわがれた声）

「送ってくれた五万元のおかげで手術を受けることができた。今はずいぶん回復している。

お前がくれた命だ。しかしどうやってお前が借金を返すのか、父さんは本当に心配している。とにかく人として間違ったことだけはしないでくれ」

李妍がよろよろと立ち上がり、窓辺に行って外を眺める。すっかり春になり、緑は生い茂り、満開のカイドウや風に揺れるチャイナローズが見事ないろどりを添えている。

35.
［昼・屋外］
夕暮れ。落ち着かない様子で車を運転する方昀。北京二環路は大渋滞で、車は一向に進まない。

36.
［昼・屋外］
車を運転する方昀。目の前に氷雪の中の取材風景がよみがえる―高速道路に連なる車。あせる人々。除雪に忙しく動きまわる作業員。ダウンを着た方昀が人々の間を駆けまわって取材を続ける。
オリンピックのシンボルマークが浮かぶ。記者会見会場の記者席にいる方昀。
今度は目の前に大きなお腹の李妍が浮かぶ。足を洗うお湯を運び、足をさすってやる張磐の姿。

37.［夜・屋内］
キッチンで野菜を切る張磬。きれいに洗った野菜が並んでいる。李妍は隣で調理台を拭いている。

「何か手伝うことはないかしら」

幸せそうにしている彼女を見て張磬が言う。

「君は休んでいればいい」

「いいえ、一日中一人でつまらなかったから、先生と話したいの」

「そうか。昼間は本を読んだり、音楽を聞いたり、外に出かけたっていいんだよ」

「私、英語を勉強しているんです。先生が他の人と英語でしゃべっているのを聞いて、とても羨ましかったの。『ニューコンセプトイングリッシュ』の二冊目を読んでいます。将来私にも外国に行くチャンスがあったらいいなと思って」

李妍があこがれるような表情を浮かべてひとりごとを言う。

「子供の頃はたくさん夢があったわ。スターになって、都会で仕事をして、高層マンションに住んで、海外旅行をする……。だけど、どれ一つとしてかなわなかった」

寂しそうな声になる李妍。まるで家族に話を聞いてもらっているような気分になる。張磬が手を止めて彼女を見る。

「きっと実現できるよ。勉強だってしているし」

「私、今とても気分がいいんです。最初は仕事だと思ってはじめたことだけど、今はお二人がとても親切にしてくれるし、自分が本当のお母さんになったみたいに、お腹にいる女の子に親しみを感じます。自分の子のように思っています」

張磬は何と返事をしてよいか分からず、複雑な表情になる。

38.

【夜・屋内】

リビング。帰宅した方昀がカバンを置き、服を着替え、キッチンのドアをノックする。

扉を開ける張磬。

「お帰り。さっそくおかずを炒めるよ」

方昀

「私がやるわ。李妍にも栄養をつけさせなくちゃいけないし」

「君は疲れているだろう。僕はここ数日、レポートの評価待ちだったから、わりと早く帰れたんだ」

39.

【夜・屋内】

李妍がキッチンから静かに離れる。張磬が料理を作りはじめ、方昀が隣で手伝う。

リビング。三人が食事をする。

「李妍、音楽は聞いている？」

方昀がやさしい口調で、ゆっくりと李妍の顔をのぞきこむ。

李妍が数え上げるように答える。

「シュトラウス、モーツァルト、ベートーベン、バッハ、ヨーロッパの宗教音楽、それから方昀さんの好きなロシアの作曲家の音楽も。張先生からは音楽史に関する本をたくさん読ませてもらっているし、芸術学校にいた頃より勉強しているみたい」

張磬がおだやかに言う。

「李妍、いい音楽をたくさん聞くことが大切だ。ある有名な哲学者も言っている。ダンスは活力を育て、音楽は感情を育てる。胎教の専門家も、音楽はお腹の子供の成長にいいと言っているよ。アメリカでは胎教のためにメス牛にダンスミュージックを聞かせているんだ」

「張先生、その哲学者って誰ですか？」

張磬が自分を指差しながら
「僕だよ」とおどけて見せる。

三人が笑う。

40.

［夜・屋内］

リビング。李妍の足を洗うためにお湯を運ぶ方昀。李妍が申し訳なさそうに「私、自分でやります」と言う。

「その体では大変でしょう。私に任せて」

しばらくすると張磬が手馴れたようにお湯を注ぎ足し、タオルを渡す。

「お手伝いさんを探した方がいいかしら」と方昀が聞く。

「それは子供が生まれてからでいいだろう。今は僕たちで十分やれるよ」と答える張磬。何かを言おうとして黙る李妍。方昀は二人のようすを見て、黙って李妍の足を拭き、たらいを片付ける。

41.

［夜・屋内］

方昀の寝室。方昀は灯りのもとで『黄金のノート』（訳注　ドリス・レッシングの著作）を読んでいるが、なかなか集中できず、『白鳥の湖』第二幕の音楽を聞く。ベッドの上でぼんやりしていると、張磬が静かに入ってくる。

「眠れないのかい？　僕は李妍が心配であんなことを言ったんだ。彼女は代理母になっていることを他人に知られたくないと思うんだ」

「もちろんそれは考えてあげなくちゃね。でも私も忙しいし、あなただって決して暇ではないはずよ。まあ、しばらく様子を見ましょう」

方昀の頬をなでる張磬。

「君は疲れているんだ。寝た方がいい。おやすみ」

張磬が電気を消して部屋を出て行く。

42.
〔夜・屋内〕
方昀の寝室。ベッドに横たわる方昀の目の前に幻覚が現れる。それは流産したときの病院のベッドだった。部屋の中には羽の生えた天使の姿が見える。

43.
〔昼・屋外〕
字幕―五月十二日午後
北京西二環路。李妍を車に乗せて家に戻る方昀。
「方昀さん、予定日まであと数日だけど、お医者様も順調だっておっしゃるし、私はとても楽しみなの。これからも暇な時は、彼女と一緒にいてもいいかしら」
「もちろんよ。あなたの迷惑にならなければね。それより、お腹はいっぱいになった？　私も辛い料理は好きよ」

ベルが鳴ったので電話に出る方昀。

「何ですって？　大変だわ。分かった。すぐに空港へ向かうわ」

車のスピードを上げる。

「四川で大地震が起こったの。現場に行かなくちゃ。張磬に会う時間はないと思うから、あなたから伝えておいて」

44.
［昼・屋外］

字幕—数日後。

四川省北川県。一面の瓦礫の山。救助に走り回る部隊の兵士たち。

映像—余震と小雨の中、救助された人、救援部隊の兵士、テントの中の住民たちを取材する方昀とテレビ局の記者たち。パソコンで記事を書き、海事衛星を使って送信する。

まわりの景色がどんどん暗くなり、夜になる。

45.
［夜・屋外］
テントの外。白いコートを着た方昀が彫像のように立ち、目の前の倒壊した多くの建物を見つめる。彼女は髪を短く切り、考えを整理しようとしている。
「岸は谷となり、谷は山となり、大自然の前に、人はあまりに小さい」とひとりごとをつぶやく。

遠くでは次々と遺体が運び出され、近くでは瓦礫の中の生存者に対し救援隊員が必死に声をかけている。方昀の心の中でずっとくすぶっていた思いが、次第にはっきりしてくる。卵子を取り出した後で感じた喪失感は何だったのか。自分は何を失ったのか。失ったのは、生命に対する意識、命に対する感覚のようなものだ。今、李妍の体の中で育っている命は、たとえ自分の遺伝子であっても、自分とつながっている命だという感覚がない。

方昀のモノローグ—「生も死も、命の過程の一つなんだわ。自分で体験し、経験し、行動すべきものなのよ。その感覚こそが大切なんだわ」

(ナレーション。母親の声)「命も成長も一つの過程よ。その過程を省略したり、人に代わりを頼んだりして一線を越えていいものかしら」

46.

モノローグやナレーションが流れる中、方昀の頭にさまざまなシーンが浮かぶ。代理出産のための手術。大きくなった李妍のお腹。分娩室に響く赤ん坊の泣き声。被災地の臨時医療施設で泣く孤児たち。

テレビ局の記者瀟瀟がそっと方昀に近付く。

「方昀、眠れないの？　毎日辛いことが多すぎるものね。おととい、臨時医療施設で死んだ母親の下から助け出された子供を見たわ。ずっと泣いているの。母親がどこへ行ったか知らないだろうし、母親のことも覚えているかどうか。本当に見ていられなかったわ」

「瀟瀟、明日そこへ行きましょう」

47.

【昼・屋内】

北川県の臨時医療施設。方昀と瀟瀟が取材をしている。看護師長がカメラに向かって訴える。

「災害の中で、自分の職業についての認識が、さらに深まりました。我々は命を救い、信じる気持ちを育てているのです。より多くの人が生きることを望んでいます」

メモを取る方昀。

「今一番心配していることは？」

この質問に看護師長はしっかりした口調で答える。

「多くの子供たちが暖かい家庭を失ったことです」

声をつまらせる看護師長。方昀、瀟瀟、撮影スタッフたちが涙を流す。

48.

【昼・屋内】

臨時医療施設。方昀と瀟瀟が、赤ん坊の収容されている部屋に入る。看護師たちが赤ん坊にミルクを与えている。哺乳瓶をはずされた赤ん坊が泣き出す。声のする方を見ると、目の大きな女の赤ちゃんが、抱っこを求めるように手足を動かしている。思わず駆け寄って抱き上げる方昀。赤ん坊が泣き止む。方昀が揺らしながら歩いてやると、赤ん坊が笑う。だんだん声をあげて笑い出す。赤ん坊の笑顔のクローズアップが北京の病院の赤ん坊の顔と泣き声に切り替わる。

49.

【昼・屋内】

泣き声が響く。北京の病院の産科。生まれたばかりの赤ん坊を看護師が抱き上げ、李妍に見せてやる。

「あなたにそっくりよ。きっと美人になるわ」

笑顔で「ありがとう」と答える李妍。

50.

【昼・屋外】

病院の中庭。電話をかける張磬。

「僕たちの子供が生まれたよ。女の子だ。君の小さい頃によく似ているよ」

四川北川中等学校の救援現場。電話を受ける方昀。

張磬
「ありがとう。疲れたでしょう。子供を頼むわね」

方昀
「スーパーウーマンさん、君の方こそ大丈夫？　元気でやっているの？　君の記事を読んだよ。とても感動的だった。体に気をつけてね。家のことは心配しなくていいから」

「私は平気よ。ここで起こることすべてが私の魂をゆさぶるわ。帰ったら話すわね」

51.　〔夜・屋外〕

四川北川広場。慰問のためのイベントが行われている。あふれる人々。仮設ステージで譚晶（訳注　中国の歌手）が『生死不離』を歌う。女の子がステージに上がって花を渡す。人々が感動して涙を流す。〔譚晶には本人のデータを使用することを連絡済み〕感動して抱き合う方昀と瀟瀟。

52.　〔昼・屋内〕

夕暮れの臨時医療施設。方昀と瀟瀟が再び女の子に会いにくる。看護師長が迎える。

「方昀さん、この子はまるであなたを待っているみたいね。他の人が来ると泣くのに、あなたが来るといつも笑うの」

方昀が赤ん坊を抱き上げ、頬にキスする。赤ん坊の笑顔が花のように明るく輝く。瀟瀟が

「ここの子供たちは、ほとんどがチャン（羌）族なんですって。チャン族なら歌も踊りもうまいはずよ」と言う。

方昀の頭の中にチャン族の民族舞踊が浮かぶ。看護師長が言う。

「その通りよ。この子は確認がとれた子供の一人なんだけど、チャン族に間違いないわ。もし、しっかり育てたら楊麗萍（訳注　中国の国民的民族舞踊のダンサー）みたいになれるかもしれないわ！」

53.　【夜・屋内】

北川のテント。軽い寝息を立てながら眠る瀟瀟の隣で寝返りを打つ方昀。

54.　【夜・屋内】

北川のテント。方昀が昔のことを思い出している。幼い頃に母親が勉強を教えてくれている情景。小さな方昀が手を後ろに組み、首を左右にかしげながら唐詩を暗唱する。

滑城の朝雨　軽塵を潤す

客舎青青　柳色新たなり
君に勧む　更に一杯の酒を
西の方陽関を出づれば　故人無からん
母親は毛糸を手にしている。
娘にセーターを編んでいる……。
今度は張磬がピクニックに連れて行ってくれたことを思い出す。一面に咲く花。山道を登りながらツツジの花をつむ。張磬が彼女を抱いてぐるぐる回る。ぐるぐる回るうちにツツジが紅葉へと変わっていく。そのまま夢の中へ落ちていく。
方昀の夢の情景。あの女の赤ちゃんが笑っている。多くの子供たちが抱っこを求めるように手を広げる。方昀は千手千眼観音になってすべての子供を抱き、空を飛んでいる。

55.
〔昼・屋外〕
早朝。北川。方昀のテントの外。方昀と張磬が電話で話している。
「私、女の子を一人連れて帰ろうと思っているの。かわいい子よ。お母さんがいなくてかわいそうなの。彼女を放っておけないわ。ここにいる人たちも望んでいるし、あなたも賛成してくれるでしょう？」

電話のむこう側で張磬が眉をひそめる。

「気持ちは分かるよ。被災現場にいれば誰だって同じことを思うだろう。でも僕たちの状況を考えてごらんよ。子供が生まれたばかりなんだよ。お金を寄付するだけでもいいじゃないか」

「ここから離れられないわ。あの子のことで頭がいっぱいなの。心が通じているの」

「分かった。君の感覚を信じるし、君の考えも尊重するよ。自分で決めればいいさ。じゃあ体に気をつけてね」

方昀はしばらく考え、母親に電話する。

「母さん……」

話をする方昀の表情が変わっていく。気持ちは熱くなり、心に深い愛情がこみあげ、涙を拭きながら何度もうなずく。

56.
【昼・屋内】

北京、張磬の実験室。標本を見ているが、方昀との会話を思い出して仕事に集中できない張磬。

方昀の声―「あの子のことで頭がいっぱいなの。心が通じているの」

回想—自分が病院で精子を取り出す場面。医者が試験管を持ち上げて「これで偉人が誕生するかもしれませんね」と言う。

李妍のお腹に耳を当てて音を聞いている自分。

キッチンで李妍が語る。

「自分が本当の母親になったみたいにお腹の中の子に親しみを感じます。自分の子のように思っています」

57.
【昼・屋外】
字幕—五月十九日午後
警笛が長く鳴り響く。北川広場にいる人々が黙祷している。警笛が響く中、シーンが変わっていく。天安門広場で黙祷する党と国の指導者たち。職場や学校で黙祷する人々。街の人々、車の流れも止まる。その後、天安門広場で声があがる。「がんばれ、中国！」
北川広場にいる方昀と瀟瀟が涙を流す顔のクローズアップ。

58.
【昼・屋内】

北川のテント。方昀がノートパソコンに詩を打ちこみながら涙を流す。

字幕—友よ安心してほしい

深い嘆きが空にひびく
十三億の心が死者の魂のために祈る
十三億の声がしっかりと語りかける
どうか安心して旅立ってほしい
三万の友よ
友よ、どうか安心してほしい
あなたが全力で守った赤ちゃんは
母親のような心に見守られ
暖かく抱きしめられている
……。

瀟瀟がそっと入ってくる。パソコンをのぞき込み、小さな声で詩を読む。

「方昫、これこそがあなたの心からの気持ちなのね」

方昫が振り返る。

「瀟瀟、あの子を連れて帰るわ。置いてなんかいけない！」

瀟瀟は目を輝かせて力強くうなずく。二人はしっかりと手を握り合う。

59.

【昼・屋内】

方昀の家の李妍の寝室。赤ん坊が静かに寝ている。お手伝いの驪晶に李妍がオムツのたたみ方についてお願いをしている。

「大きい物と小さい物をそれぞれ分けて置いて。その方が使いやすいから」

驪晶が答えて言う。

「李妍さんはすごいわ。はじめての出産なんでしょう？　それなのに何でもよく分かっているわ」

「本で勉強したの。張先生がたくさん本を買ってくださったから」

「やっぱり都会の人は違うわ。自分の夫を先生って呼ぶなんて。私の故郷の山西では、夫のことはうちのろくでなしとか、そんなふうに呼びますよ」

「違うわ。そんなんじゃないの」

話をごまかす李妍。驪晶は李妍の顔も見ず、相変わらずしゃべり続けている。

「張先生は本当に奥さん思いですね。あの半分ぐらいでいいから、思いやりのある相手が見つかったら私も幸せになれるかも。まあそれも運命ですね。李妍さんは運命を信じます？」

李妍は

「これはすべて運命よ」と答えて何かを考えている。

ちょうどその時、「トントン！」とドアをノックする音が聞こえてくる。

「見てきて」と言う李妍。

60.

〔昼・屋内〕

ドアを開けた驪晶が
「どちら様ですか？」とたずねる。

赤ん坊を抱いた方昀が玄関に立って微笑んでいる。

「ここは私の家よ」

ぽかんとする驪晶。

「あなたの家？」

李妍が中から叫ぶ。

「驪晶、急いで方昀さんの荷物を中へ運んでさしあげて！」

驪晶はとにかく方昀を中に入れた。李妍がベッドから出て、方昀の抱いている赤ん坊を受け取る。子供は寝ている。方昀が手際よく自分の部屋を片付ける。李妍は赤ん坊を自分のベッドに寝かせ、しげしげと見ている。

61.

〔昼・屋内〕

方昀の家。「トントン！」またノックの音がする。驪晶が玄関を開けると、張磬が方昀の荷物を持って立っている。ニコニコしながら

「子供でいっぱいだ！　方昀、ほら君の荷物だよ」と言い、方昀の寝室に入っていく。

張磬を見てうれしそうに微笑む方昀。

「僕は今一番幸せな人間だ。同時に二人も女の子を授かったんだからね。うれしいよ！　だけど心配もしたし、君を想って五キロも痩せたんだ。海抜一八二センチメートルの僕の身長で、たった七十キロの体重になってしまったよ。哀れな僕に少しは同情してくれ。」

張磬のふざけた口調がその場の雰囲気をなごませ、方昀の不安を吹き飛ばした。方昀はその心遣いに感動し、張磬の肩にもたれかかる。

「あなたって、なんていい人なの」

62.

〔昼・屋内〕

李妍の寝室。赤ん坊をじっと見る方昀。よく見ると自分に似ていると思う。子供の頃の自分が母親に寄り添って写した写真が目の前をよぎる。李妍が方昀に近付く。

「方昀さん、あなたに似ているでしょう。鼻も高いし目も大きいわ」

目を覚ました赤ん坊が、見慣れない方昀の顔に驚いて泣き出す。李妍が慌てて抱き上げる。眉を寄せる方昀。試しにデンデン太鼓であやしてみるが、かえって泣かせてしまい、頭を振りながら苦笑する。その声を聞きつけて張磬が入ってくる。彼が口笛を吹くと赤ん坊は泣き止み、笑顔になる。

「張莞という名にしようと思うんだ。〝莞爾《かんじ》として笑う〟の莞だよ。それからあの子の名前は張川にしようと思うんだ。どうだい？」

「にっこりほほえむ子っていう意味ね。すてきだわ。でも張川は良くないわ。張羌にしましょうよ。〝羌管は悠々として霜は地に満つ〟（訳注　北宋の範仲淹の詩の一節。〝羌人の笛の音が響き、大地に一面の霜がおりる〟）って言うでしょう。彼女はチャン（羌）族なの。震災と彼女のルーツを忘れないための名前よ」

そう言いながら方昀は少し悲しい顔をする。黙ってうなずく張磬。

63.

［夜・屋内］

方昀の寝室。方昀が張羌にミルクを飲ませる。あっという間に哺乳ビンが空になる。張羌を抱き上げ、揺らしながら歩く方昀。げっぷが出たのを確かめるとベッドに寝かせ、やさしくたたきながら眠らせる。目の前に北川の医療施設の情景が浮かぶ。無数の子供たちの手。張羌が寝てしまうと、方昀は静かに部屋を出る。

64.

【夜・屋内】

李妍の寝室。李妍と張莞が並んで静かに寝ている。幸せそうな母と子にしか見えない。驪晶は隣の小さなベッドでいびきをかいている。方昀はそこに立ったまま、一体この子の母親は誰なのだろうかと考える。

回想―張莞が見慣れない方昀の顔を見て泣き出す。思い出すのもつらい情景。喪失感を抱えながらひっそりと部屋から出て行く方昀。

65.

【夜・屋内】

深夜。張磬の書斎。十か月前と同じような情景。張磬はパソコンで論文を書いている。方昀が水を持って入ってくる。

「また徹夜なの？　ほどほどにね」

振り返った張磬が方昀の腰に手をまわす。

「君も休んだ方がいい。この家の状況には慣れたかい？」

張磬の肩にもたれかかる方昀。

「あなたって人の気持ちが分かってしまう人なのかしら。それとも頭がいいから分かるのかしら」

「両方だろ?」とまばたきをする張磬。

「張莞が他人のように感じるの。時間が解決してくれるかしら」

「あと数か月母乳を飲ませたら、李妍には出て行ってもらおう。そうだ、張羌の方に彼女の母乳を飲ませたらどうかな。その方が、李妍も早く張莞を忘れられるだろうしね」

と解決だ。そうすればきっ
方昀がじっと張磬を見つめてうなずく。

「それはいい考えだわ。試してみましょう」

66.〔昼・屋内〕

方昀の寝室。李妍が張羌に母乳をあげようとするが、拒否するように顔をそむけ、泣き出してしまう。驪晶が哺乳ビンでミルクをあげると張羌は素直に飲み出す。李妍
「おかしな子ね。どうしても私の母乳が嫌なのね」

「口に合わないのかもしれませんね。お母さんの味を覚えているのでしょう」

そこで李妍がつぶやく。

「お母さんの味か。人って不思議なものだわ」

67.

［昼・屋内］

週末。リビング。子供たちの泣き声と張磬の両親の話し声がまじり、にぎやかな家の中。カメラが泣き声の方に向けられる。一つの部屋では方昀が張羌の世話をし、もう一つの部屋では李妍が張莞を世話している。リビングでは驪晶が両親にお茶をいれ、張磬と両親が話しをしている。軍服を着た父親が背筋を伸ばし演説をはじめる。

「すばらしい！　まことにすばらしい！　一年足らずの間に子供を産み、さらにわが民族のためにもう一人連れ帰るとは。我々も見習わねば。地震の時、私は新聞を見ておろおろするばかりだったし、母さんもただ泣くばかりだった。それなのに方昀は子供を産んですぐに四川に取材に行ったのだろう？　たいしたものだ」

演説の途中で子供を抱いた方昀がリビングに入ってきて張磬と目配せする。

「本当は子供を連れ帰る元気もないほどだったんですけど、孤児の泣く声が耳から離れなくて、結局連れ帰ってしまいました」

張磬の母親が方昀を見て言う。

「女性っていうのは感情が豊かなものなのよ。でも子供を二人も相手にするのは大変なことよ。数年から数十年の長丁場だから覚悟がいるわよ」

これに張磬が答えた。

「僕が彼女を助けるから平気さ。僕だって鼻が高いよ。こんなにかわいい子を連れて外を歩けるんだからね」

母親は自分の息子をいとおしそうに見つめる。

「お前は菩薩のようだわね」

68.

［昼・屋外］

紫竹院公園。日差しと風が心地よい。引き続き張磬の母親の声が響く。

「お前は大きな愛で民衆を救う仏のような心の持ち主だわ」

声が消えていくと同時に、方昀と方昀の母親が話す姿が映る。方昀の母親は毅然として品がある。方昀は母親をささえるようにして一緒に散歩する。李妍と驪晶がそれぞれベビーカーを押しながらその後ろを歩いている。

「母さん、私は間違っていないわよね。決して無理をしているわけじゃないの。この子が好きだし、大切に思っているの。心の底からこの子を連れて帰りたいと思ったの」

「それで、生命科学の実験の方はどうなの?」

「そっちの方は、今ひとつしっくりこないの。なんだか疎外感があって、あの子とのつながりを感じられないのがつらいわ。夜ベッドに寝ていても、自分には心理的な問題があるのではないかと自問してしまう。もちろんいたって正常なんだけどね。あの子は李妍から離れられないし、李妍もあの子から離れられないの。私もあの二人を切り離すなんて嫌だわ」

「命というものは本来、自然な過程を経て形成されていくものよ。それを人間は〝科学的に〟分割してしまった。あなたはその結果を、身をもって経験しているところなのよ。ある意味では野蛮な行為よね。でも今は自然と不自然の境界線さえ分からなくなっている時代よ。だから思うようにやりなさい。神様はきっとあなたが進む先で待っていてくれるわ」

母親の話はまるで講義のようだった。方昀が母親を見て言う。

「まるで予言者ね」

「私は巫女だって言ったでしょ？　フフフ」

69.

【昼・屋外】

字幕―二か月後
地方の某場所。聖火リレーの現場。報道用の専用車に乗って後を追う方昀。あふれる熱気と感動する人々。

70.

いくつかのシーン―あの豪雪の取材の時のように方昀が走り回っている。ＩＣレコーダーを片手に街の人々や聖火ランナーを取材する。同じような情景が次々に映し出され、それに合わせて場所を示す字幕─西安、長沙、武漢。

71. 〔夜・屋内〕

病院の急患診療室。張莞が点滴を受けている。そのベッドの端につっぷして寝ている李妍。張磬は本を読みながら、時々点滴が落ちていく様子を見ている。張磬が李妍の肩に服をかけてやる。

72. 〔昼・屋内〕

急患診療室。まだ点滴を受けている張莞。そばで李妍が見守る。外から帰ってきた張磬がハンバーガーと水を李妍に渡す。

「食べなよ。昨日からもうかれこれ二十時間近くだ」

首を振る李妍。

「お腹が空かないの。どうしてこの子の熱は下がらないのかしら。心配で死んでしまいそう」

「ウイルス性の風邪だよ。治るのに時間がかかるのさ」

「大変なことにならなきゃいいけど。なんてかわいそうなのかしら」

「大丈夫だよ。もう少ししたら薬の効果が現れるさ」

73.

【夜・屋内】

急患診療室。点滴を続ける張莞。そのベッドの端につっぷして寝ている張磬。その背中にそっと服をかける李妍。張磬をいとおしそうに見つめながら何かを考える。耳元に驪晶の声がよみがえる。

「張先生は本当に奥さん思いですね。あの半分ぐらいでいいから、思いやりのある相手が見つかったら私も幸せになれるかも」

ため息をつく李妍。

74.

【昼・屋内】

李妍の寝室。張莞を寝かせるために驪晶がベッドを整える。

「この二日間というもの、張莞が寝てしまうと本当に怖くてね。夜でも電気を消すことができませんでしたよ。やっぱり家の中に男の人がいないとだめですね」

張磬がバスルームから出てくる。たくましい上半身が見える。リビングで服を着はじめる。

張莞の着替えを持って寝室から出てきた李妍が、張磬のたくましい胸に一瞬気をとられ、思わず顔を赤らめる。

ぼんやりした李妍に気付いた張磬がからかう。

「ホームシックにでもなったかな？」

あわててとりつくろう李妍。

「いえ。張莞と張羌の服を間違えてしまって。張先生もここ数日のことでお疲れでしょう。早く寝てください」

75. 〔夜・屋内〕

地方のホテル。ノートパソコンで猛烈な勢いで記事を書く方昫。しばらくすると立ち上がって腰を伸ばし、水を手に窓辺へ行く。一面の夜景。星が美しく輝いている。遠くの一点を見つめる方昫の目。夜の景色のように深いまなざし。

76. 〔夜・屋内〕

自宅の方昫の寝室。驪晶と張羌が寝ている。以前方昫がしていたように、李妍が二人の掛け布団を直し、部屋から出て行く。

77. 〔夜・屋内〕

張磬の書斎。パソコンで論文を作成する張磬。腕を伸ばしてしばらく空想にふける。方昀が水を持って入ってくる。（方昀の声）―「また徹夜なの？　ほどほどにね」去っていく方昀。目をこすり、気合を入れ、再び論文を書く張磬。

78.

［夜・屋内］

張磬の書斎。仕事をする張磬。李妍が水を持って静かに入ってくる。

「張先生、疲れないように早めに休んでくださいね」

振り返る張磬。一瞬言葉につまるがすぐに答える。

「大丈夫だよ。今日は少し昼寝もしたしね。ここ数日の遅れを取り戻さないといけないんだ。張莞はもう寝たかい？」

「寝ました。私、あの子とますます離れられない気がしています。どうしたらいいんでしょう。もうすぐお別れしなくちゃいけないのに」つらそうに涙を流す李妍。

張磬が立ち上がり、ティッシュで李妍の涙を拭いてやる。ますます悲しい気分になった李妍が張磬の肩にもたれかかる。

「こんなに苦しい気持ちになるなんて想像もしなかった」

「泣かないで。これからだってあの子に会えるんだから」

涙をこらえる李妍。李妍を抱きしめながら厳しい表情で遠くを見つめる張磬。

79.

張磬のさまざまな映像―

実験室でいろいろな表のデータを見る張磬。

書斎で深夜から明け方まで論文を書く張磬。

病院で病気の張莞に付き添う張磬。隣には驪晶が寄り添う。

80.

方昫のさまざまな映像―

とある場所で聖火リレーの取材中、瀟瀟と久々の再会をする。うれしそうに抱き合う二人。

方昫は瀟瀟とその仲間たちと一緒に、雨の中、聖火リレーを追いかける。

疲れ果てて倒れそうになる方昫を瀟瀟が支える。

81.

〔夜・屋内〕
張磬の書斎。疲れた表情の張磬が必死にパソコンの前でがんばっている。立ち上がってこめかみをマッサージし、また座って仕事を続ける。しばらくすると、今度は濡れタオルで顔を拭き、また仕事に戻る。疲れが頂点に達したのか、もう一度立ち上がろうとした時、体に力が入らずに椅子をひっくりかえし、自分も床に倒れてしまう。その音に驚いた李妍が寝巻姿のまま飛び込んでくる。張磬をベッドへ連れて行き、必死に体を揺らす。

「どうしたんですか。しっかりしてください！」

しばらくすると張磬が目を開き、弱々しい声で「砂糖水を」と言う。李妍は慌てて砂糖を探し、水を注ぐ。

砂糖水を茶さじで一口ずつ飲ませると張磬が落ち着きを取り戻す。李妍が彼の額をさわる。

「熱はないみたい。無理しすぎです。何かあったらどうするんですか！　先生がいなくなったら子供が困ります」

李妍の頬を一筋の涙がつたう。張磬はしっかりと李妍の手を握ったまま目を閉じて眠る。

張磬の胸に額を当てて小さな声で泣く李妍。

82.

【昼・屋内】

地方の病院。ベッドで点滴を受ける方昀。瀟瀟が方昀の手を握りながら付き添っている。

「雨にぬれて風邪をひいたのよ。こんなになるなんて、相当疲れがたまっていたのね。一か月もついてまわっていたなんて。家に帰って休んだ方がいいわ。そうしないと張羌にも忘れられちゃうわよ」

「大丈夫よ。彼女は私から母親の匂いを感じ取っているの。ちゃんと本能的な記憶として心の中に刻まれているわ。これが感覚というものでしょう?」

瀟瀟は首をかしげて方昀の言葉を聞き、それから学者のような言葉遣いで言う。

「人間の母性もまたしかり。長い年月をかけて女性の記憶の中に蓄積されてきたものであり、それが遺伝子に刻まれて伝えられてきた。そういうことでしょ? だから孤児を見て母性愛が働き、愛ある行動にでたってわけよ。我は偉大なり! 真理を見つけたり! ハハハ」

瀟瀟は自分の解説に興奮したように大きな声をあげた。方昀は少し考えてゆっくりと答えた。

「だけど逆のこともあるのよ。母乳を与える者が母親になれる。自分で産むことで感情が芽生えるものよ」

よく理解できないという表情の瀟瀟。

「もしかして論文でも書くつもり?」

83.

［昼・屋外］

北京のスーパーマーケット。カートを押しながら買い物をする李妍。落ち着いた様子で品物を選んでいる。彼女の手もとのクローズアップ—男性用の下着を手にしている。赤、ブルー、黄色。彼女はブルーを選ぶ。

84.

［夜・屋内］

リビング。張磬が方昀からの電話に出る。方昀の声

「今夜は鳥の巣（訳注　オリンピックスタジアムの愛称）で開会式のリハーサルがあるからプレスセンターにいなくちゃならないの。あなたに誕生日のお祝いだけ伝えようと思って。論文が評価されるのを祈っているわ」

「ありがとう。今度は鳥の巣まで飛んで行ったんだね。いい記事が書けるといいね。韜奮賞を受賞できるよう祈っているよ」

驪晶と李妍が張磬のためにケーキを運んでくる。灯りを消した部屋にロウソクがともる。願い事をし、ロウソクを吹き消し、ケーキを切り分けるという当たり前の流れ。しかし参加者がいつもと違うせいで、どことなくおごそかな雰囲気になっている。子供たちがベビーカーの中でアーウーと声をあげ、小さな手を振る。まるでこの雰囲気にひたって

いるようだ。

85.

［夜・屋内］

誕生日の夜。張磬の書斎。窓辺にたたずむ張磬が月の光を見ている。振り返り、パソコンの前に戻ると、何かを打ちはじめる。彼が書いているのは詩だった。（挿入歌『無玫瑰的夜晩』が流れる）

字幕——心が染み込んだあでやかな赤い花
　想いがこもった葉
　バラの花かごに愛を込め
　運命の相手であるあなたに贈る
　あなたはこんなにも遠い
　まるで嫦娥（訳注　月に住む伝説上の女性）のように空の向こうにいる
　一方であなたをこんなにも近くに感じる
　透き通るようなそのまなざし
　なんと美しいのだろう
　あなたは美しい満開の花々、バラの冠

窓の外には楽しげな声
香りが月明かりにただよう
あなたのもとへ飛んでいきたい
今すぐにでも
あなたのいない寂しさ。バラのない夜

曲が流れる間、風景の映像が流れる―夜の街、寂しげな街灯、三日月、城郭の景色。その後、張磬と方昀が植物園の中を散歩する情景。白い服に身を包んだ方昀。雪と氷の中で取材する方昀。雨の中、聖火リレーを追いかける方昀。

86.

[夜・屋内]

張磬の書斎。昼間に買った下着を持って静かに入ってくる李妍。パソコンの画面の詩を読む。張磬がゆっくりと振り返り、うるんだ瞳で李妍を見る。やさしく語りかける李妍。

「寂しいのですね。オリンピックが終わったら方昀さんも帰ってきますよ。子供が幼稚園に行くようになれば生活も落ち着きます。下着を替えてください。ブルーの下着はきっと何かインスピレーションをくれますよ。さあ、今着ているのは洗いましょう」

李妍を見つめる張磬。「幼いと思っていた李妍が大人の女性に見える。もしかしたら自分の生活に必要なのは李妍かもしれないと思う。しかし精神的にはやはり方昀を求めている。やはり方昀を愛している。人生にはいろいろなことがあるものだ」

「ありがとう。こんなことにまで気を配ってくれて」

李妍は下着をベッドの上に置いて部屋から出て行く。その後姿を見送る張磬は、いつまでも椅子に座り続けていた。

87.
【昼・屋内】

北京、雍和宮の本堂。仏様に線香を供えて敬虔に祈る李妍。小さな声で願い事をつぶやいている。その後三回跪き、頭を地面に垂れる。遠くでは何か祭事が行われている。思い悩むように眉をひそめ、憂鬱な表情で本堂から出てくる李妍。

88.
【昼・屋外】

雍和宮の向かい側の路地。〝相談、占い、何でも見ます〟という看板のある小さな店に李妍が入っていく。

89.
【昼・屋内】

簡素なティールーム。老人が目をつぶって座っている。

「どうしました？」

「仕事を探しています。アドバイスをお願いします」

「願いを心に思い描きながら一本引いてください」

李妍は黙って何かを念じ、筒の中から木の札を引き、両手で差し出す。老人は李妍を見ると、明るい声でそれを読み上げた。

「これは、雷沢帰妹《らいたくきまい》、木によりて魚を求む、つまり〝魚は水の中で求めるべきで、木に求めても何もかなわぬ。苦労多くして運は開けぬ〟お嬢さん、仕事を求める時ではないですよ。あなたは結婚すべきだ。しかしお顔を拝見すると、すでに結婚して子供もいるという相だ。ということは、子供と関係した仕事を暗示しているのかもしれない。喜ばしきかな！」

李妍は目の前の占い師の言葉に驚く。

「よい方角は？」

「震卦、つまり東の方です」

「いくらお支払いすればいいですか？」

「いくらでも。これは縁のものです」

李妍はテーブルに三百元を置き、店を出る。李妍が出ていくと老人はそそくさとお金をしまいながら言う。

「これっぽっちか。こっちだって生活がかかっているんだ。神頼みより自分が頼りさ。自らを欺き他人をも欺く。天の道理にも背いてやるさ。喜ばしきかな！」

90.　【昼・屋内】

北京のとある幼稚園。面接を受ける李妍。数人の先生の前でモンゴルのダンスを踊る。頭にお碗をのせ、音楽に合わせて肩を動かし、腰を振り、本格的なダンスを披露する。拍手が起こる。園長が不思議そうに聞く。

「こんなに才能があるのに、本当にここで働きたいのですか？　物足りないかもしれませんよ」

「いいえ、私は子供が大好きなんです」

きっぱり答える李妍。園長が他の先生と顔を見合せ

「分かりました。それではできるだけ早く結果をご連絡します」と李妍に告げる。ほっとしたようにその場を離れる李妍。

91.　【昼・屋内】

字幕―数か月後

某会場。方昀がテレビの取材を受けている。記者

「全国の十大ニュース賞の受賞、おめでとうございます。今のお気持ちは？　氷雪被害や地震の現場、そしてオリンピックで印象に残ったことは何ですか？」

「すべてが予想をはるかに超えていました。現実は私の報道よりもっと複雑で深く、心を動かすものでした。おかげで私のすべてが変わりました」

92.

〔昼・屋内〕

夕暮れ。車を運転しながら取材に向かう方昀。考え事をしながら思わずつぶやく。

「本当に私のすべてが変わったわ」

目の前にさまざまな情景が浮かぶ。李妍と張莞が仲良くならんで寝ている親子の情景。李妍が張磬にお茶をいれ、親しげにしている情景。張羌が自分に呼びかけるように手を動かす情景。車窓からは美しい秋の景色が見える。落ち葉が舞い、マルバハゼ、イチョウ、五角楓が黄金の世界を作っている。切なくなった方昀は、カーステレオで交響曲『運命』をかけながら自分の思いを音楽に重ねる。

93.

〔夜・屋内〕

国家大劇院のホールにて、公演終了後のインタビュー。瀟瀟が監督に質問する。

「今回のお芝居『ジェーン・エア』ではどのようなことをお考えになりましたか？」

「本当の感情を引き出すことです。市場経済と物欲が渦巻く今、精神性や感情がもっと大切にされるべきです。ジェーン・エアはロチェスターが裕福な時に離れ、彼が貧しくなった時に戻ってきました。これこそ純粋な愛のしるしであり、平等の精神であり、現代的な考え方です」

94.
【昼・屋内】

夕暮れ。李妍の寝室。李妍が自分の荷物を整理している。張莞のそばに座ると、その寝顔を見て涙を流す。驪晶が入ってくる。

「出て行くのですか？　張莞にはあなたが必要ですよ。張先生だってあなたがいないと困るはずです。出て行ってはいけません。方昀さんも許すはずありません」

「いずれにしても、ずっとここにはいられないの。みんなを困らせたくないから、詳しく話す気はないわ。でも張莞だけが心残りなの。私の子だもの！　この子に対する私の気持ちは誰にも分からないでしょうね。肉親よりも身近な肉親よ。身を引き裂かれるように辛いわ」

驪晶も涙を流す。

「そんなこと言わないでください。私が張莞を連れてあなたに会いに行きますよ」

95.

【夜・屋内】

リビング。子供たちがベビー歩行器の中で遊んでいる。それを見守る李妍と驪晶。張莞が李妍の方へ向かってくる。まだしっかり話せないその口で「ママ」と言う。驪晶が手招きすると、張莞は驪晶の方へ歩いていく。驪晶がオリンピックのマスコットを渡すと、張莞はそれを手に李妍の方を振り返り、再び近くまで歩いてくる。李妍は跪き、張莞に頬ずりする。張羌も驪晶のもとへ歩いていき、マスコットをせがむように手を広げる。人形を手渡されると、無心に遊びはじめる。

扉が開いて張磬が入ってくる。上着を李妍に預けるとしゃがみ込んで猫のように手を動かして子供たちとじゃれる。子供たちが笑い声をあげる。暖かい家庭の情景。彼が振返ると、李妍が泣いているように見える。驪晶もいつもと少し違う。何かを感じた張磬は一瞬動きを止めるが、再び子供たちと遊びはじめる。

96.

【夜・屋内】

張磬の書斎。李妍が話している。

「ここを出ていきます。これ以上いると、本当に離れられなくなってしまいそうなんです。子供と離れたくない。あなたとも離れたくない。だけど許されることではないと分かっています。自分の専門を生かして、幼稚園でダンスを教える仕事を見つけました。しょせん人間は自分の領分で生きるしかないんです。運命なんて簡単に変えることなんかできないんです。私たちの子供を大切に育ててください」

李妍は声を立てずに泣いた。張磬は何も言うことができず、自分も目を潤ませながら彼女の涙を拭いてやる。

「一度だけでいいから私を抱きしめてキスしてください。思い出にしたいんです」

李妍が張磬を見上げる。張磬は李妍をやさしく抱きしめ、少し躊躇したあとキスをする。

取材で遅くなった方昀が、子供を起こさないように玄関をノックせずに静かに入ってくる。ちょうど二人が抱き合ってキスしているところを目撃する。なんとなく予感していただけに方昀は深く傷つき、その場に立ち尽くす。悔しさに涙がこみ上げる。

ちょうど顔を上げた張磬の目に、泣いている方昀が映る。慌てて言い訳をしようとする張磬。方昀は聞く気がないというように手を振って彼を止める。李妍が方昀のそばに駆け寄りしっかりした口調で言う。

「私、明日出ていきます。許してください。お二人には一生感謝します」

方昀は驚いたまま何も言わず、そのまま疲れきった様子で自分の部屋へ入っていく。

97.

［夜・屋内］

三人にとって長い夜となる。張磬は自分の書斎のベッドで座ったまま眠れない。何度も方昀の部屋の前まで行くが、結局そのまま戻ってくる。

98.

［夜・屋内］

李妍の寝室。ベッドで泣き続ける李妍。すべてを記憶に刻み込もうとするかのように張莞の顔を見る。一晩中寝ようとはしない。

99.

［夜・屋内］

方昀の寝室。暗闇の中で目を開けて必死に何かを考え続け、朝を迎える。その後、机に向かい、一気に筆を走らせる。

100.

［昼・屋内］

リビング。方昀が子供を抱き、荷物を持って寝室から出てくる。そこには充血した目の張磬が立っている。何かを言おうとして彼女に近付く張磬。しかし方昀は「何も言わないで。手紙を書いたから読んで」とおだやかに言う。

李妍も部屋から出てくる。この家に来た時と同じように、赤いコートを着て荷物を持っている。方昀と張磬に向かって深々と頭を下げ、そのまま二人から離れ、向き直ってドアから出ていく。部屋から飛び出してきた驪晶が
「待って！」と追いかける。

101.
［昼・屋外］
家の階下。驪晶と李妍が泣きながら抱き合っている。李妍が赤いコートをひるがえして去っていく。

102.
［昼・屋外］
家の階下。子供を抱いた方昀と、荷物を持った驪晶が車まで歩いていく。建物の前の階段に呆然と座る張磬が、車に乗って去っていく方昀を見送る。

エピローグ

103.
［昼・屋内］
字幕―一年後
北京国際生命科学会議の会場。『試験管ベビーが人間の感情に与える影響とその検証』

　というテーマで、張磬がおだやかに語る。

「遺伝子研究プロジェクトと技術の革新は生命のプロセスに大きな変化をもたらし、倫理的な関係や倫理の構造までをも変えました。しかし本質的な意味において、命と感情の関係に対しては何の変化も与えていませんし、血のつながりというものの本質に変化をもたらすものでもありません。遺伝子が伝えるものと血が伝えるものはどちらも同じように重要なのです。だからこそ人類の本質は変わることがないと考えます。そういう意味で、生命は永遠で、偉大で、そして複雑なのです」

　張磬の発表に大きな拍手が鳴り響く。最初に登場していたブロンドの博士も客席から熱い拍手を送っている。

104.
［昼・屋内］
北京の幼稚園。二歳になった張莞が踊っている。なかなかさまになっている。李妍と他の園児たちがまわりで拍手する。ダンスが終わると張莞が李妍の方へ駆け寄り
「ママ、上手にできた?」と聞く。
　李妍はうれしそうに張莞の頭をなでてやる。

105.
［昼・屋外］

北京の環状道路。方昀が車を運転している。助手席には張羌が座り、スケッチブックをめくっている。

「ママ、上手?」

「上手よ」

方昀が微笑みながらうなずく。

106.

風景の映像―秋の遠景。マルバハゼ、五角楓、イチョウが黄金の世界をつくっている。
エンディングテーマが流れる。

（完）

飛天伝奇

1.

風景の映像―敦煌、莫高窟一七二窟にある唐全盛時代の壁画『西方浄土変』のクローズアップ。遠景から、花をまく飛天の絵にズームしてストップモーション。ここでナレーション（または字幕）が入る―敦煌を訪れた人であれば誰でも飛天の姿を記憶にとどめていることだろう。しかし飛天をよく見ると、あることに気付くはずだ。唐が全盛期に入る以前、飛天は常に別世界から舞い降りたものとして描かれていた。しかし全盛期になると、飛天は俗世間から飛び立つものとして描かれるようになる。これは一種の解脱であり、自由を手に入れるよろこびの表現である。飛天が手でまくものは花ではなく祝福であり、苦しみの中にいる民衆を導くものである。そこには悲しくも美しい物語が刻まれている。

2.

特殊技術処理―花をまく飛天や花を捧げる飛天が空を飛ぶ。たくさんの飛天が時空のトンネルを通り、時間を遡り、空から地上へと舞い降りる。時は唐の天宝年間。場所は太真宮、楊玉環（訳注　楊貴妃）のいる庭園。はなやかな歌舞が繰り広げられている。地に降りたった飛天はそのまま宜春院（訳注　宮中の妓女が住んでいたところ）の〝女官〟となる。

玉媛のクローズアップ。緑の美しい衣装を身にまとい、『緑腰』（訳注　唐代の大曲の一つ。女性の舞）を舞っている。ほかの舞手も彼女に合わせてたおやかに舞い踊る。

楊玉環が曲項琵琶（訳注　棹の曲がった琵琶）を手に、優雅な音楽を奏でる。

舞と音楽の中、タイトル『飛天伝奇』が現れる。

3.　**一三〇〇余年前の唐、大宝年間。長安の夜空［屋外・夜］**

雲ひとつなく、月が冴えわたる夜空。大小の星が輝く銀河。

夜空の下の長安全景。城郭がそびえ立つ。大気はすみわたり、ともし火がきらめく。

木の枝に止まったフクロウの大きな目。月に向かってフクロウが飛んでいく。

4.　**塔の下［屋外・夕方］**

人物―林思遠、僧侶

夕暮れの黄金色に染まった空の下、雲に届くかのような高い塔がそびえ立っている。塔の下で、僧侶につきそわれた林思遠が熱心に塔を見上げている。

「わざわざ遠くからいらしたということは、目的をお持ちなのでしょうね」

「はるか彼方の敦煌の遺跡をこの目で見て、禅機を体得したいと思っております。光栄にもこうして大師にお目にかかれましたので、ぜひご教授いただきたいのですが、人は俗世の縁から抜け出すことなどできるのでしょうか」

「因果は縁がもたらすもの。人生は苦しく短いものでありますが、縁は輪廻を越えます。そして輪廻は終わることなく繰り返される」

「輪廻は終わることがないと?・」

考え込む林思遠。

夕日が景色を染める中、二人は語り合いながらゆっくりとした歩みで塔のまわりを回り続ける。遠くから見ると、それはまるで〝輪廻〟のようにも見えるのだった。

5.

僧坊〔屋内・夜〕

人物―林思遠、僧侶

林思遠と僧侶が碁を打っている。

瞬く間に時間が過ぎ去り、既にどれほどの時間が経ったのか分からない。

突然、どこからともなく琴の音が聞こえてくる。耳をそばだてる林思遠。

僧侶は何も語らず、ただ笑って何かに感心したようにうなずいている。僧侶は何の音楽であるのかを知っている様子である。

注意がそれたことを恥ずかしく思いつつも林思遠は

「すばらしい曲ですね」と言う。

僧侶「毎日聞いておりますが、毎日違っております」

二人は立ち上がり、林思遠はいとまを告げて扉から出て行く。

僧侶は笑顔で見送りながら、感慨深げにつぶやく。

「この世はまるで一局の碁のごとし。結末も見えず、進むべきか引くべきかも見えぬ」

6. **太真宮［屋外・夜］**
人物—林思遠

華やかではないものの高貴な雰囲気がただよう太真宮。表門にはじまり、薪倉庫、道場、正門、広い庭園、奉納塔、さらには楊玉環がひそかに修行する奥の庭園まで、すべてが静謐とした空気に満ちている。

灯籠をかかげた林思遠が、庭園を横切ってゆく。大小さまざまな木々、めずらしい石や築山が見える。

徐々に琴の音が近づいてくる。

林思遠の脳裏には、既に琴を爪弾く女性の美しい手が浮かんでいる。

とある建物の入り口で立ち止まって見上げると、そこには〝太真宮〟の文字。

扉のすき間から中をのぞいた林思遠が息を呑む。

7. 太真宮内の一番大きな庭園［屋外・夜］

人物―林思遠、玉媛

すき間から見えたのは琴の奏者ではなく、一人の女性の舞い姿だった。

清らかな月明かりに木影が揺れる庭の中央で、楊玉環の下女である玉媛が舞っている。

美しくたおやかな舞姿。ゆっくりとした動きから徐々に激しくなり、最後はつむじ風のように激しくなっていく。

美しさに心を打たれた林思遠が思わずつぶやく。

「まるで水面に咲く蓮の花、風に舞う雪のように美しい」

8. 扉の内側［屋外・夜］

人物―林思遠、玉媛、楊玉環、春竜

楊玉環の護衛である春竜は、少し前から扉の外の気配に気付いている。林思遠が驚きと喜びのあまり庭へ入ろうとすると、すぐさまそれを春竜が制止した。音楽が止まる。

琴を奏でながらも既に外の林思遠に気付いていた楊玉環が

「どうぞ、お入りください」と声をかける。

もちろん林思遠と楊玉環には面識はない。

不審そうな表情の春竜。惹かれるように玉媛の方へゆっくりと歩んでいく林思遠。

9.

太真宮の庭園中央〔屋外・夜〕
人物─林思遠、玉媛、楊玉環、春竜

琴を演奏する楊玉環の指先から清商（訳注　古代民間音楽）の上品な旋律が流れ出す。玉媛の舞が冴えわたる。『春鶯囀』が終わると今度は『鳥夜啼』がはじまる。その舞は曲とともに自在に変化し、優美なことこの上ない。

林思遠は舞に酔いしれ、ぼんやりとしている。

林思遠に見つめられ、恥らう玉媛。

玉媛は林思遠のことを、身なりが良く好ましい男性だと感じている。

春竜も玉媛の舞に酔いしれている。

楊玉環は演奏を続け、玉媛は舞い続け、林思遠は舞を見つめ続けている。

それは林思遠の灯籠の火が燃え尽きるまで続いた。

10.

茶室［屋外・夜］

人物―林思遠、玉媛、楊玉環、春竜

楊玉環が林思遠を茶室にいざなう。

「あなたの美しい演奏は人を惹きつけるものがあります。古代音楽にも造詣が深いとお見受けしますが」

楊玉環はそれには答えず、あらためて林思遠を見た。質素な身なりで書生のようだ。

「あなたは教坊（訳注　音楽や舞踏を司る官署）のお方ですか？」

林思遠が微笑んだ。

「どこの者でもありません。四海の至る所が私の家であり、どこへでも参ります」

「音曲のことがお分かりなら、舞のこともお分かりでしょう。玉媛の舞には何が欠けていますか？」

林思遠は玉媛を見て少し考えた。

お茶をいれ終えたあと、玉媛はそっと楊玉環の後ろに腰を下ろしている。

「あえて言わせていただけば、お嬢さんは自分を舞っている。だからとても純粋であり、清楚で美しい。しかし音楽の世界には悲しみや憎しみがあり、時には猛々しさや勢いも必要です。舞に魂を込めることではじめて身体と精神が融合するのです。荘子の言葉にある逍遥とは心を自然に沿わせることを指し、それにより舞に起伏が生まれます。最高の舞とは、精神を集中し、忘我の境地でひたすらに舞うことです」

「玉媛、聞きましたか?」楊玉環が玉媛の方を振り返る。

玉媛が尊敬と感動、そして愛慕のこもった複雑な表情で頭を下げた。

「しかと心に刻みます」

「絶世の美女による美しい音楽と舞に出会うことができて私は幸せです。きっと私の絵の技術の向上にも役立つことでしょう。こんなに素晴らしいものにはめったに出会えるものではありません。あなたの演奏のおごそかな様から察するに、重要な儀式を意識して練習しておられるのではないでしょうか。必ずやすばらしいものになると思いますよ」

驚いた様子の楊玉環が答える。

「これは皇帝がお作りになった曲で、『赤白桃李花』、『霓裳羽衣』といいます。法曲(訳注　仏教の法事に用いられる音楽)、胡声(訳注　西域音楽)、道調(訳注　唐代教坊音楽)を融合させたものと聞いております。しかしどのように演出すればよいのか、悩んでおります。どうかご教示くださいませ」

「さすがは玄宗皇帝。たいへん高尚な趣味をお持ちですね。『霓裳羽衣』は道家でいうところの羽化登仙の境地といったところでしょうか。まさにお二人は仙女というわけですね。身と心を仙境に解き放つことが出来れば、きっと人々を感動させることができるでしょう」

林思遠は玉媛を深いまなざしで見つめた後、いとまを告げた。

林思遠の後姿を尊敬と名残惜しい気持ちで見送る玉媛。

かたわらには、終始厳しい表情で見守る春竜がいる。

楊玉環「あの方はいずれはここを去ってしまう人なのですね」

玉媛の顔のクローズアップ。言葉もなく、寂しそうな表情をしている。

11. **林思遠の寝室〔屋内・夜〕**

人物―林思遠

寝床で寝返りを打つ林思遠。夢の中でも筆を走らせ、空中を舞う人物の絵を描いている。

それはまるで仙女が優雅に舞う姿のようであり、その顔は玉媛によく似ていた。

12. **楊玉環の寝室〔屋内・昼〕**

人物―楊玉環、玉媛

楊玉環が玉媛に話しかける。

「昨日の林様がまだいらっしゃるかどうか見てきてちょうだい。もしいらっしゃれば、お茶にお呼びしましょう」

嬉しそうに出て行く玉媛。

13. 太真宮 ［屋外・昼］

人物―玉媛

たくさんの部屋を一つ一つ見てまわる玉媛。

何かを求めるように探し続けている。

14. 林思遠の寝室 ［屋内・昼］

人物―玉媛、僧侶

林思遠の部屋にたどり着いた玉媛は、壁や寝床がすべて彼の描いた絵で覆いつくされているのを見る。描かれているのはすべて玉媛のさまざまな肖像であり、舞い姿だった。見事に美しく描かれた自分の姿に感動する玉媛。

たった一度玉媛の舞を見ただけで、その魂と本質を表現してしまう筆の力。玉媛は林思遠のことを、神に愛された才能を持つ画家だと感じる。

その時、部屋に入ってきた僧侶が玉媛に告げた。

「林思遠は流浪の人です。彼がどこへ行ったのかは私にも分かりません」

15.
楊玉環の寝室［屋内・昼］
人物―楊玉環、玉媛
がっかりした表情の玉媛が戻ってくる。
「もう出かけられたあとでした」
楊玉環「遠くに行かれたとは限らないわ」

16.
長安の大通り、眺めのいい居酒屋［屋内・昼］
人物―林思遠、数人の芸術家仲間、楊玉環、玉媛、春竜　数人の下女
人の往来でにぎわう街。
身なりの良い男と、装いもあざやかな女がにぎやかな縁日を楽しんでいる。
いくつかの場面―道の両側に立つ建物、女たちの脂粉の香り、酒やお茶の匂い。そこには詩人や画家たちが集まっている。水墨画を描く者、弾き語りをする者、囲碁を打つ者がいる一方で、見事な技を見せる武芸者、食べ物を売る者、猛獣つかいのペルシャ人、妖術を使うインド人までいる。寺の中では日本人が学んだことを紙に書き留めている。
人々の笑顔のクローズアップ。老いも若きも皆、楽しそうにしている。

林思遠は眺めのいい居酒屋で芸術家仲間と酒を酌み交わし、詩を詠み、おおいに盛り上がっている。

友人甲が林思遠に言う。

「林兄貴、敦煌に行くならくれぐれも気をつけてくれよ。兄貴の八塔の図は誰もが認める最高傑作だ。きっと今回の旅もすばらしい収穫があるに違いない」

友人乙「機会があれば、また大いに語り合おう。無事を祈る」

ちょうどその時、楊玉環が通りかかる。玉媛と春竜そして下女たちを引きつれ、縁日へと向かうところだ。

居酒屋の二階から彼女らを見つけた林思遠は、慌てて友人たちに別れを告げて出て行く。

17.

長安の大通り［屋外・昼］

人物—林思遠、楊玉環、玉媛、春竜、数人の下女

楊玉環らを追いながら、林思遠は二回ほど通りを曲がる。

護衛の春竜はとっくに林思遠に気付いている。

歩くうちに楊玉環と玉媛が別々になった。

楊玉環は下女たちと小さな店の中に座り、何か料理を食べている。

玉媛は一人、露店を見ていた。

露店の前でまるで美しい切り絵のようにたたずむ玉媛を、林思遠が遠くから眺めている。

珊瑚を手にした玉媛が
「これおいくら?」と聞いた。

露天商が答える。

「百両銀だ。高級品だよ」

そこへ林思遠がやってくる。驚き喜ぶ表情の玉媛。

「これは南海で採取されたものです。珊瑚というのは海の精霊なんですよ。呼吸しながら海水の精髄を結晶化していくのです。とてつもない年月をかけてこのような形になるんですよ」

玉媛と露天商が驚く。

18.
大通りのかたすみ［屋外・昼］
人物—林思遠、玉媛、楊玉環
玉媛が前を歩き、林思遠が後を追う。
玉媛「お昼にお茶にお誘いしようと思っていたのです」
林思遠「日を改めて私の方からお誘いしますよ」

玉媛「敦煌にはいつ行かれるのですか」

林思遠「私は気ままな人間です。明日旅立つかもしれないし、十年後もまだ旅立っていないかもしれない」

玉媛「あなたがいなくては、私の舞が上達しないように思えます」

林思遠「あなたがいなければ、私の絵も物足りないでしょう」

　楊玉環らが玉媛の名を呼んで探している。

　玉媛がとっさに何かを林思遠の手に握らせる。

　玉媛が名残惜しそうに言った。

「機会があれば、どうぞまた舞の心を教えてください」

　林思遠は渡された何かを握りしめる。見つめ合う二人。次第に心と体が熱を持ち、まるで全身に電流が流れたように感じる。

　去っていく玉媛を見送った後、林思遠が手を開くと三つの茘枝《ライチ》の核《たね》がある。彼はそれを不思議そうに見つめていた。

19.

あずまや〔屋内・夜〕

人物—玉媛

太真宮のあずまやで一人、人待ち顔で行ったり来たりを繰り返す玉媛。

20.

林思遠の寝室〔屋内外・夜〕

人物—林思遠

部屋の中で絵を描く林思遠。目の前に何度も玉媛の姿が浮かんでくる。

壁を眺める林思遠。もともとそこには四枚の玉媛の絵があったが、三枚目の絵が誰かによってはがされている。

視線を動かすと、部屋の片隅に他の誰かが描いた絵がある。少しムラのあるその絵に描かれたあずまやと〝三核亭〟という文字が目に入る。

何かに気付き、部屋から飛び出す林思遠。入り口の前をちょうど通りかかった使用人を呼びとめて尋ねる。

「教えてくれ。三核亭はどこだ?」

「絵師の先生、三核亭は庭園にございます」

走り出す林思遠。

21.　三核亭〔屋外・真夜中〜明け方〕

人物―林思遠、玉媛

早足で庭園へと急ぐ林思遠。庭の木々の間に三核亭が見える。やはり玉媛はそこで待っていた。

月明かりの中、あずまやの上にかすかに浮かび上がる〝三核亭〟の文字。

玉媛の肩をつかみ、

「こんな寒い中、誰を待っているのですか」と尋ねる林思遠。

玉媛「前世で約束をかわした人です」

林思遠が昼間にもらった三つの茘枝《ライチ》の核《たね》を取り出し、玉媛の手のひらにのせる。二人はそのまま手を握り合う。

林思遠は高ぶる気持ちのまま『茘枝の詩』を詠む。

〝千里を駆けるのは縁《ユエン》（媛《ユエン》）のため

たとえ遠く離れても心にはいつも美しい人がいる

この想いが続く限り……〟

玉媛が最後の言葉をつなげる。

〝今生でも来世でも相まみえん〟

心が通じ合い、二人はしっかりと抱き合う。

林思遠が、玉媛のほしがっていた珊瑚の飾りを差し出す。

「受け取ってください。これは永遠の想いの結晶です」

玉媛の眼が潤む。

林思遠が玉媛の首に珊瑚をかけてやる。自分も揃いで同じものを持っている。

林思遠「私は明日旅立ちます。しかし地の果てへ行こうとも、あなたの舞い姿は私と共にあるでしょう。この情熱が芸術の魂を育ててくれるはずです。私が石窟に描いたものは永遠に美しい姿をとどめ、もし縁があるなら、いつかあなたもそれを見る日がくるでしょう」

玉媛「あなたの描いたものを必ず見に行きます」

林思遠「私が描き終えた後、もし壁画の前であなたの舞姿を見ることができるなら、それこそが名画と美女との喜ばしい出会いです。あなたが来るのを待っています」

玉媛「命に誓って、必ず行きます」（二人は終生の愛を誓う）

しっかりと抱き合う二人。茘枝のたねがこぼれ落ち、あずまやの外にころがっていく。

それはまるで二人の愛のゆくえを暗示しているようだった。

22. **長安の古道［屋外・昼］**

人物―僧侶、林思遠

旅人のための休息所。秋風が吹く中、林思遠を見送る僧侶。
朝日の中、一人旅立つ林思遠。林思遠の乗った馬の影がどんどん遠ざかっていく。

23.
庭園［屋外・昼］
人物―楊玉環、春竜、玉媛

下女「林様が旅立たれました」
玉媛の方を振り返る楊玉環。
何かを思うように胸元の珊瑚に触れる玉媛。

24.
林思遠の寝室［屋内・昼］
人物―玉媛

風景の映像―壁に二枚の絵が残されている。もともと四枚の絵が貼られていたが、そのうちの二枚がなくなっている。
玉媛が部屋の入り口に立ち、人のいなくなった部屋を寂しそうに見つめている。思わず涙がこぼれ落ちる。

25.

楊玉環の寝室［屋内・夜］

人物―楊玉環、玉媛、下女

琵琶を抱いた楊玉環が下女に命じる。

「玉媛を呼んできてちょうだい」

しばらくして戻ってきた下女が伝える。

「玉媛さんは体調が悪いので、お休みしたいそうです」

楊玉環は長いため息をつき、まわりの者に下がるように手で合図する。

26.

僧坊［屋内・夜］

人物―僧侶

目を閉じて座る僧侶。今日は琵琶の音が聞こえてこない。

彼は何か唱えているが、何を言っているのか他の者には分からない。

27.

太真宮［屋外・昼］

人物―玄宗、楊玉環、玉媛、春竜

風景の映像―秋の紅葉から雪景色へ。時間がまたたく間に過ぎっていく。

字幕―三か月後

楊玉環が皇帝の貴妃に立てられる。

それにともない宮中に入る玉媛。

28.

興慶宮〔屋外・昼〕

紫と黄色の衣装を身にまとった楊玉環が、女官たちに『霓裳羽衣』を指導している。

玉媛のクローズアップ。表情はどこかぼんやりとしており、気持ちが入っていない様子。

熱心に練習を見ていた玄宗が玉媛の様子に気付き、呼び寄せる。

「何か悩みでもあるのか？　正直に申すがよい」

　頭を下げる玉媛。

「恐れ多いことでございます。ただ、ある方に指導していただいた境地を感じようとしていただけです」

玄宗「その境地はどんなものであるか。申してみよ」

玉媛「その方がおっしゃるには、身と心を仙境に解き放つことで、舞の真髄に到達できるそうでございます」

玄宗「心を仙境に解き放つことは仙人になることに同じ。そのような高尚なことを言う者はどこにおるのだ」

寂しげな表情で答える玉媛。

「その方は修学のために敦煌に旅立たれました。絵師でございます」

玄宗「なんと残念な。その者を呼び戻し、曲作りについて語り合いたいものだ」

複雑な表情で玄宗を見た後、そのまま下がる玉媛。

29. **荒野［屋外・昼］**

人物―林思遠、仲間の芸術家たち

馬に鞭打ち前進する林思遠。荷物を背負った数人がそれに続く。

地面の砂が飛び散るほど激しい風雨。砂漠を苦心しながら進んでいく馬の隊列。

風雨の中、新しく加わったばかりの助手の李牧に林思遠が声をかける。

「これからもっと苦労するぞ」

それに答えようとする李牧より先に、蘇蟄が勢い込んで答える。

「林殿、私はあなたの絵にほれ込んでこうして駆けつけたのです。苦労など気にするものですか」力強い声だ。

満足げに皆を見回し、さらに馬を進める林思遠。

30. **林思遠の以前の寝室［屋内・夜］**

人物—僧侶

林思遠が残していった絵を僧侶が片付けている。もともと四枚あった壁の絵が一枚目と四枚目だけになっている。それを感慨深げに見て何かを唱える。何を唱えているのかは分からない。

31.

華清池［屋外・夜］

人物—玄宗、楊玉環、玉媛、舞手たち、太監（訳注　宦官の最高権力者）、**春竜**

華清池で、『霓裳羽衣』がはじめて上演される。

踊り子たちは羽衣を身につけ、腰には彩りのきれいな布をまとっている。序曲の後に壮大な舞が繰り広げられる。

楊玉環の導きに合わせ、情熱的に舞う玉媛。

席から立ち上がり、階段を下りてくる玄宗。モォフォ太鼓の前に立つと、袖を振り、ばちを手に力強く太鼓を叩きはじめる。

玉媛は踊りながら林思遠の「身と心を仙境に解き放つ」という言葉を思い出している。

舞が佳境に入ると、翼を広げて飛び立つかのような感覚が訪れる。

うれしそうな玄宗が玉媛をほめた。

「舞の奥義を極めたようであるな」

楊玉環「心に愛するものがあれば、自然に技も磨かれていくのです」

玄宗「玉媛は誰を慕っておるのだ？」

楊玉環「才能ある絵師、林思遠でございます」

一瞬かすかに眉をひそめた玄宗が楊玉環に言う。

「霓裳羽衣を舞う時に、他のことに心を奪われるとはけしからん」

玄宗の気分をそこねることを極端に恐れた大太監は、慌てて視線をそらした。

32. **興慶宮のかたすみ［屋外・夜］**
人物―春竜、大太監
大太監が春竜に耳打ちする。
「皇帝陛下は林思遠の顔を二度と見たくないと思っていらっしゃる。彼を消すのだ」

33. **興慶宮の女官の寝室［屋内・夜］**
春竜が玉媛にいとまを告げる。

「私はある特別な任務のために出発します。もしあなたに何も言わずに出かけたら、後悔すると思うのでお伝えします。私はあなたを慕っておりました。あなたを守って差し上げられるのは私だけです。あの林という男の心の中には、絵のことしかありません」
自分と林思遠のことを春竜が嫉妬していたことを知った玉媛は、煩わしそうに
「自分の仕事をしっかりやってください」とだけ答える。
（春竜の回想）—楊貴妃に、玉媛を愛しているので彼女との結婚を許してほしいと申し
出る春竜。
楊貴妃「春竜よ。玉媛は私の侍女である。そして才能ある舞手でもある。そなたは自分を
玉媛にふさわしい相手だと思っているのか」
答えに困る春竜。
林思遠を殺す使命を受けた春竜が出発の準備をしている。この使命を玉媛に告げるわけ
にはいかず、躊躇の末、言葉を呑み込む春竜。しかし春竜の様子から玉媛は彼の目的
を悟ってしまう。
玉媛「林思遠様に会ったら伝えてください。あの人の生死にかかわらず、私は必ず会いに
行きますと」
腹立たしげに立ち去る春竜。

34.

城門の外［屋外・昼］

人物—春竜

春竜が駿馬に乗って駆け出していく。林思遠の時と同じ、朝日の中の旅立ちである。馬は砂塵を巻上げながら去っていく。

35.

荒野［屋外・昼］

人物—林思遠、仲間の芸術家たち

砂嵐の中、頭に布を巻き、林思遠は目だけを出している。目の端には涙でこびりついた砂のあとができている。苦しくて泣いているのか、砂のせいで涙が出るのか自分でも分からない。苦難に耐えながら進む隊の前に突然蜃気楼が現れる。それは空に浮かぶ大仏の座像であった。

36.

荒野［屋外・夜］

人物—林思遠、仲間の芸術家たち

林思遠一行が夜の荒野を苦心しながら進んでいる。前方を走る馬車から人が叫んだ。

「前に山の洞窟があるぞ。今夜はここで休もう」

林思遠が大きな声で「よし！」と叫ぶ。

37.
洞窟の中［屋内・夜］
人物―林思遠、仲間の芸術家たち

たいまつに火をともす林思遠。他の者も次々に火をつける。

明るくなると洞窟は想像したよりも大きく、天井も高いことがわかり、皆が驚いている。

荷物の整理をはじめると、ある者が林思遠に話しかける。

「馬車の中で死んでしまった職人がいるんだ」

林思遠らは死者のために簡単な霊堂をしつらえた後、夕飯を作り、寝る場所を整える。

寝る前に、馬車を管理する男が林思遠にたずねた。

「明日の起床もいつもどおりですね？」

林思遠「いや、明日は心ゆくまで寝よう」

相手の男が不思議そうに言う。

「早く目的地に行かなくていいのですか？」

林思遠「ああ、そうだ」

男「どうして？」

林思遠「ここがそうなんだ。ずっとここにいよう」

（この場所こそが、のちに唐代の石窟群と言われた所だった）

38. **莫高窟［屋内・昼］**

人物―林思遠、仲間の芸術家たち

翌年の初夏、林思遠らの壁画『西方浄土変』の完成が近い。

仲間たちも、今は李牧と蘇贄の二人しか残っていない。みな顔色が悪く、やせ衰えている。

39. **莫高窟の外［屋外・夜］**

人物―林思遠と二人の芸術家仲間

林思遠と二人の仲間が洞窟の入り口に腰を下ろしている。林思遠が二人に話しかける。

「お前たちは明日帰るがいい。もたもたしていると帰れなくなってしまうよ。長安ははるか彼方だからな」

李牧が蘇贄と顔を合わせ、林思遠にたずねる。

「林殿はどうするのです？」

「私は大丈夫だ。あと十年ほどはここで描くつもりだ」

40.

莫高窟［屋内・昼］

人物―林思遠

洞窟の中でたいまつの火が揺れる。朝が来て夜が来る。月日が流れる。髪もひげも伸びて白くなった林思遠。まるで未開人のように、洞窟で一人暮らしながら製作を続けているが、ただその目だけが光を放っている。

41.

莫高窟の外［屋外・昼］

人物―春竜、高僧

林思遠の似顔絵を手にした春竜が、敦煌一帯の洞窟の一つ一つを探し歩いている。しかし林思遠の消息はいっこうにつかめない。

ある高僧が春竜に話しかける。

「旅のお方よ、殺気が顔に出ておられる。ここに長くおられぬ方がよい。そうでないとお釈迦様に咎められます。皆にとってもそれは良いことではない。ブッダは『人を殺すことは己を殺すこと。人を許すことは己を許すこと』とおっしゃいました。寛容になることが大切です。ましてやここにいるのは信仰心も知識もある人ばかりです。人に情けをかけることは徳であり、自分のためでもあるのです」

春竜は高僧の言葉をかみしめる。

ちょうどそのころ林思遠は近くで食事をしていた。割れた鍋に粗末な小屋。湯気が立ち上る。

42.

莫高窟［屋内・昼］

人物―春竜、林思遠

春竜が林思遠の洞窟に入ってくる。あるのは壁画だけで人の姿はない。壁画を見た春竜は圧倒される。

未完成ではあるものの、『西方浄土変』は大唐の理想郷のように春竜の目に映る。

何かを考え込む春竜。耳元にさきほどの高僧の声がよみがえる。「ここにいるのは信仰心も知識もある人ばかりです」

静かでおだやかな空気に包まれた春竜は殺意を失い、矛盾する気持ち感じながら石窟を出る。

入れ替わるように林思遠が石窟に入っていく。その背中を見て春竜がつぶやく。

「皇帝陛下の命令には逆らえぬ。しかしこの壁画が完成するまでは命を奪うまい。これが私なりの情けだ」

43.

興慶宮〔屋外・夜〕

人物―玄宗、楊玉環、玉媛、舞手たち、大太監、東瀛（訳注　日本のこと）**からの使節**

宮中において『霓裳羽衣』が再演される。そのスケールは以前よりも大きくなっている。

玉媛と楊玉環もさらに腕を上げている。

隣で力強く太鼓を打つ玄宗。その目は舞手たちへの愛情に満ちている。

玄宗が玉媛に目を向けていることに気付く楊玉環。

玄宗がうれしそうに言う。

「今宵、東瀛からの使節は、わが大唐の美に触れることであろう」

玉媛が中心となって踊る。ますます盛り上がる歌舞に人々が驚嘆する。

仙女のように舞う玉媛。彼女は林思遠の言葉を思い出している。「身と心を仙境に解き放つ」

東瀛の使節はとても喜び、玄宗に向かい大唐の素晴らしさを賛美する。もちろん使節の者たちは楊貴妃の美しさにもすっかり魅了されていた。

44.

莫高窟〔屋内・夜〕

人物—林思遠

林思遠が玉媛の舞を思い描きながら筆を走らせている。飛天のイメージが次々に筆によって再現されていく。花を捧げる飛天、花をまく飛天。玉媛に生き写しの飛天が空を舞う。

45.

華清池〔屋外・夜〕

人物—玉媛、舞手たち、楽師たち、玄宗、楊玉環、大臣たち、東瀛の使節

玄宗が太鼓をたたき、楊玉環が舞う。いわゆる〝胡旋〟（訳注　シルクロードを経て来た西域の民間舞踊）である。

東瀛の使節団らがおおいに盛り上がる。彼らは楊貴妃の美しさに魅了されている。

大臣らと使節団は、彼女の舞を天下随一と賞賛する。

楊玉環が玉媛を見ると、玉媛は下を向いたまま黙っている。

46.

皇宮正殿〔屋内・夜〕

人物—玉媛、太監、楊玉環、玄宗

舞を終えた玉媛に、今夜は皇帝陛下の相手をするようにと太監が告げる。

一瞬驚いたものの、玉媛はすぐに平静さを取り戻す。

（玉媛の回想）―玄宗が玉媛に言う。

「そなたが追い求めるものは虚しく儚いものだ。私の側にいる方がよほど良いはずだ」

楊玉環が玄宗をたしなめる。

「この玉環だけでは不満だとおっしゃるのですか」

あいまいな微笑みを浮かべる玄宗と、怒って立ち去る楊玉環。

47.

浴室［屋内・夜］

人物―玉媛、楊玉環、数人の女官

女官たちが黙ったまま玉媛を沐浴させている。香を焚きしめ、化粧をほどこし、玉媛の身なりを美しく整える。

女官たちはまるで妃を扱うかのように、丁寧に玉媛の世話をする。

無表情のままの玉媛。全く喜んでいる様子はない。

楊玉環がこっそりと外から中のようすをのぞく。

楊玉環の目から見ても、玉媛の肌はきめ細かく輝き、身のこなしまでが舞うように美しい。

48.

貴妃の寝室［屋内・夜］

人物―玉媛、楊玉環、数人の女官、侍医

楊玉環の監視のもと、玉媛は銅鏡の前に座っている。女官たちが玉媛の身なりを整えている。

楊玉環はその姿に嫉妬を覚える。

あいかわらず玉媛は無表情で、喜んでいる様子は全くない。

玉媛の身支度を終えると、女官たちが退出する。

楊玉環の命令で侍医が入ってくる。

侍医は湯気の立つ薬の碗を机の上に置くとすぐに退出する。

楊玉環が玉媛を呼び、座らせた。

楊玉環　「皇帝陛下のお相手に選ばれるのは幸せなことです」

玉媛　「はい」

　楊玉環が薬の入った碗を指す。

「さあ飲みなさい。これはあなたのために用意した薬です。すべてが終わったら宮中から出なければなりません。ましてや身籠ることは許されないのですから」

　まわりの者たちの目が薬に注がれ、玉媛が飲むのを待っている。

玉媛は碗を手に取ると、あっさりと飲み干す。

「これまで親切にしていただき感謝します。どうぞお元気で」

玉媛が楊玉環に礼を言い、立ち去る。

宦官がやってきて、玉媛を連れて行こうとする。楊玉環が声をかける。

「待ちなさい」

宦官が立ち止まる。楊玉環が玉媛に言う。

「もう一度だけ舞ってちょうだい」

楊玉環が琵琶を手に取り、玉媛が舞いはじめる。それは太真宮にいた頃を彷彿とさせる情景だった。

49.

皇帝の寝所［屋内・夜］

人物―玉媛、玄宗

赤い灯籠がともり、帳がめぐらされている。玉媛が玄宗のために舞う。美しい舞い姿ではあるが、その表情も舞も物悲しく恨めしさを秘めている。

その姿をめでる玄宗が詩を詠む。

絹の衣につつまれた美しい姿

その表情は重く
打ち萎れてもなお、舞は美しい
凛とした中に隠しきれない恋慕の情
忘れられぬほどの美しさ
よくぞここへ来てくれた
なんと芳しいことよ
　玄宗が玉媛に荔枝《ライチ》を食べさせる。
　玉媛を抱いて絹の帳の中へ入っていく。

50. **莫高窟［屋内・夜］**

人物—林思遠

大きな洞窟の中、『西方浄土変』の壁画ができあがりつつある。

林思遠が高い場所に登って、空に舞う女性の足を描いている。すっかり体調を崩しており、咳が止まらない。

突然気を失い滑り落ちるが、命綱のおかげで宙吊りになったまま助かる。

51. **皇帝の寝所［屋外・朝］**

人物―玉媛

空が少し明るくなりはじめた頃、玉媛が皇帝の寝所を離れる。

52. 城門［屋外・昼］

人物―玉媛、楊玉環

細かい雨がしとしと降っている。

興慶宮の門外。すでに出発の準備ができた玉媛。見送りにきた楊玉環が声をかける。

「雨の中を見送ることになるとはね」

楊玉環が寂しそうに言う。

「さあ行きなさい。林思遠に会ったらよろしく伝えてちょうだい」

霧雨の中を遠ざかる玉媛の馬車。それを見送る楊玉環。

楊玉環がつぶやく。

「あなたもやはり去っていくのね」

（回想）―楊玉環が玉媛に言う。

「あなたには舞の才能がある。宮中にいた方がいいわ。宮中でこそ、その才能を活かせるはずよ」

黙り込む玉媛。

楊玉環「玉媛、春竜のことをどう思う?」

質問の意味をすぐに悟る玉媛。

楊玉環「春竜は貴妃様にのみ忠誠を尽くしているようにお見受けしますが」

楊玉環「春竜はまだ一人身だし、あなたたちは年齢的にも釣り合うと思うの。二人とも私の身近な人だし、夫婦になってはどうかしら」

玉媛「お心遣いに感謝します。でも私には心に決めた人がいるのです」

画面が切り替わり、霧雨の風景。

楊玉環がため息をつく。

「やはり去っていくのね」

53. **荒野〔屋外・昼〕**

人物―玉媛

馬車が荒野を進む。雨が上がり、空が晴れる。

隊の人々が空に出た虹を指差し、声をあげる。

玉媛も馬車から顔を出し、自由な空気を胸いっぱいに吸い込む。

54.

莫高窟入り口［屋外・夜］

人物—春竜

さらに半年が過ぎて冬も深まる頃。いまだに洞窟の入り口を見張るばかりで中に入ろうとはしない春竜。彼は林思遠が壁画を描き上げて外に出てくるのを待っている。

しかしいくら待っても出てこないので、とうとう自分から中に入っていく。

55.

莫高窟［屋内・夜］

人物—春竜、林思遠

すでに完成している『西方浄土変』を見て息を呑む春竜。まるで最高の知恵によって悟りに導くかのような力と、人の魂をも変えてしまうかのような圧倒的な衝撃を受け、春竜は呆然とする。

やがて、足場の上の方で倒れている林思遠の姿が目に入る。足場を上り、体に触れてみれば、林思遠はすでに息絶えていた。

呆然自失となる春竜。

56. 莫高窟入り口〔屋外・夜〕

人物―春竜

洞窟から出てくる春竜の姿

高僧が何かを唱えながら近づいてくる。

春竜は自分の刀を洞窟の入り口に置くと、そのまま高僧についてその場を立ち去った。

57. 莫高窟〔屋内・夜〕

つむじ風が黄色い砂塵を巻き上げている。強風が吹き荒れ、洞窟の中が砂埃でいっぱいになる。その砂埃が落ち着くと、壁画が現れる。林思遠が製作に使った足場と彼自身の遺体はすっかり消えている。

58. 荒野〔屋外・昼〕

人物―玉媛、馬車の御者

一行とともに進む玉媛。道行く人に敦煌の場所をたずねる。

ある者が遠くを指差して答える。

「太陽が山に落ちる方向だよ。西に向かってどこまでも進み、道がなくなったらそこが敦煌さ」

目を輝かせ、どこまでも進もうとする玉媛。
御者の鞭の音が響き、馬車の車輪が勢い良く回る。

59.
敦煌［屋外・昼］
人物―玉媛
とうとう敦煌に到着した玉媛。
至る所にある洞窟を一つ一つ探し歩いている。

60.
莫高窟一七二窟［屋内・昼］
人物―玉媛
その洞窟の入り口はほこりがたまっているが、中からはただならぬ気配がただよっていた。
中に入った玉媛は、壁画に描かれた飛天が自分の顔にそっくりであることに気付き感動する。
しかしそこに林思遠の姿はない。
玉媛は洞窟の中で、林思遠の珊瑚の飾りを見つける。その下には彼が持って出た玉媛の肖像画があり、かたわらには春竜の刀もあった。

玉媛は悄然と涙を流す。

61.

敦煌［屋外・昼］

人物―玉媛、多くの芸術家たち、高僧、春竜

高山、黄砂、大砂漠に歳月が流れる。

山中で、多くの芸術家たちが玉媛の作った食事を食べている。

皆が口々に話し合う。

「馬嵬坡の地で、楊貴妃が死を賜ったそうじゃないか。白い布で首をくくったそうだ。これは後世に語り継がれる大事件だ」

玉媛は一瞬動きをとめるが、すぐにまた飯を盛りはじめる。

少し離れた所を、高僧が数人の者をともなって歩いている。

その中には出家した春竜もいた。

玉媛と春竜の視線が一瞬合うが、何事もなかったように目をそらし、お互い言葉も交わさない。

62.

莫高窟［屋内・昼］

夕日が西に傾き、夕焼けの中にたたずむ玉媛。沈みゆく太陽が輝いている。

『西方浄土変』のクローズアップ。花を捧げる飛天。仏の前を、花をまきながら舞う飛天。それらは自由で調和のとれた雰囲気をかもし出している。

（幻影のような情景）—いかにも放浪中といった様子の、ジーンズに身を包んだ現代画家の青山《チーンシャン》（昔の林思遠）が我を忘れたように壁画の前に立っている。

（同じく幻影のような情景）—現代舞踏家の岳媛（昔の玉媛）が壁画の前に立ち、何かを感じたように空を舞う飛天を見つめている。

63.

現在の大唐芙蓉園〔屋外・夜〕

人物—岳媛、蘭蘭

〝祝！　陝西歌舞団　霓裳羽衣公演成功〟と書かれた横断幕。

大唐芙蓉園で、現代版『霓裳羽衣』の華麗な公演が行われている。

陝西歌舞団のトップダンサーである岳媛が他の共演者たちとともにみごとな踊りを披露している。

変わって、長い袖をなびかせた蘭蘭の見せ場。これもまた見事に決まっている。

舞が終わると嵐のような拍手と歓声が湧き起こる。

最前列に座っているお偉方が次々に岳媛と握手をする。

64.

記者会見会場［屋内・夜］

人物―岳媛、劉団長、司会者、記者たち、蘭蘭

にぎわう記者会見会場の遠景。

カメラが近づくと記者が質問をしている。

「岳媛さんと団長は、ステージ上だけでなく、ステージを下りても良い関係だとお聞きしましたが、本当ですか？」

劉団長（昔の春竜）「そのご質問は今日の会見とあまり関係ないようですね。私は皆様に美しい舞台をお見せすることだけが使命と思っております」

しつこく食い下がる記者。

「では岳媛さんにお答えいただけますか？」

あいまいに笑う岳媛。

「その表情は認めたということですか？」

「いいえ」

いかにも記者のあしらいに慣れた様子の岳媛。

また誰かが質問する。

「あなたはつねにトップクラスのダンサーとして内外で数々の賞を受賞されていますが、踊りに対するあなたの考えをお聞かせください」

　岳媛が静かに答える。

「私の踊りはまだまだです。まだ本当の舞の境地を知りません」

「これはまたご謙遜を。すでに世界の頂点に立っているじゃないですか」

　岳媛が厳しい表情できっぱりと答える。

「謙遜ではありません。踊りが未完成であることは自分が一番よく分かっています。踊りをはじめたころから、つねにインスピレーションを求めていますが、いまだにそれを見つけることができません」

「インスピレーションとは何ですか？　世界レベルの賞をもらっているというのに、ご自分は未完成だというのですか？」

岳媛「仮にもっと有名な賞をいただいたとしても、自分なりのインスピレーションを得られなければ、踊れているとは言えません。それを見つけるまでは、永遠に探し続けることになるでしょう」

65.

メイクルーム［屋内・夜］

人物―岳媛、劉団長、蘭蘭

岳媛がメイクを落としている。

すでにメイクを落とした劉団長が入ってくる。

「さあ、張さんのパーティーに行くぞ」

岳媛「今日は疲れたから帰りたいわ」

少し戸惑う劉団長。

「だったら家まで送るよ。下で待ってるから」

何もなかったように再びメイクを落としはじめる岳媛。

岳媛の親友でありダンサー仲間の蘭蘭が言う。

「劉団長って、あなたには特別に親切よね」

岳媛「やめてちょうだい。たまたま帰る方向が一緒なだけよ」

66.

車内［屋内・夜］

人物―岳媛、劉団長

車を運転しながら劉団長が話しかける。

「今日の公演は大成功だった。疲れただろう。よかったら何か食べて帰らないか？」

岳媛「疲れたわ。あなたも早く帰って休んだほうがいいわ」

　がっかりする劉団長。

「僕たちは長いこと、こうして一緒に協力して仕事をしてきた。名誉だって一緒に分かち合ってきたじゃないか。それなのに、どうして本当の意味で一緒になることができないんだ」

岳媛「そこを右に曲がって」

劉団長「分かっているよ。何度もこうして君を送っているんだからね」

　車が止まり、岳媛が下りる。

劉団長「悩みがあるなら言ってくれ。少なくとも友人なんだから」

岳媛は「ありがとう。気をつけて帰って」と言って去る。

　岳媛の後ろ姿を見送りながら劉団長がつぶやく。

「やはり、今生でもだめなのか」

67.　**パーティー会場入り口［屋外・夜］**
人物―蘭蘭、劉団長
パーティー会場の入り口に、ナンバープレートのない大きな黒い車が停まっている。

蘭蘭がうれしそうに劉団長の手を引きながら会場へ入っていく。

68. **岳媛の家［屋内・夜］**

人物―岳媛

岳媛の家の中。無数のトロフィーや賞状がある。壁一面に国内外の賞で得たものが飾られている。

その壁の前を、何の関心もない様子で歩く岳媛。心はふさいだまま。

69. **浴室［屋内・夜］**

人物―岳媛

入浴する岳媛。水の音とともに記憶がよみがえる。

（回想）70a. **劉団長のオフィス［屋内・昼］**

人物―岳媛、劉団長

岳媛が劉団長に叫んでいる。

「私の踊りはなってないわ。何かが足りないの。あなたに何が分かるのよ。うまく踊れていないのは自分が一番分かっているの！」

驚く劉団長。辛抱強くこれに応じる。

「君はちゃんと踊れているし、誰よりもちゃんと踊っている。本当だよ。栄誉を手にして、プレッシャーに押しつぶされそうになっているだけだよ」

(回想) 70b.

北京の懐柔区。

記者会見会場。

記者が壁画の進捗状況について質問する。呉館長が汗を浮かべながら

「今はまだ秘密ということにしてください」と答える。

満足げな様子の記者たち。

(回想) 70c.

オフィスに戻った呉館長が慌てふためいてスタッフをどなりつける。

「あの画家はまだ見つからないのか! こんな所でのんびりしていないで、早く探しに行け!」

71. 岳媛の家の玄関［屋外・昼］

人物―岳媛

翌日の早朝。車を運転して待ち合わせ場所に向かう岳媛。

72. 太真宮観光スポット［屋外・昼］

人物―岳媛、青山、蘭蘭、劉団長

観光客でいっぱいの太真宮。

階段から下りてくる岳媛。下からは青山が上がってくる。

人に押されて青山の背中にぶつかってしまう岳媛。「ごめんなさい」という岳媛の声に何の反応もせず去っていく青山。

団員たちが話している。

蘭蘭「劉団長、勘弁してくださいよ。わざわざ車に乗って来たっていうのに。神様や仙人にまつわるものばかりじゃないですか。歩き疲れちゃったわ。見るものなんて何もないんだもの」

劉団長「適当に遊べばいいじゃないか」

岳媛があたりを見ながら何かを感じたようにつぶやく。

「私はここに来たことがあるわ。きっと昔来たんだわ」

皆が不思議そうに彼女を見る。

73.
駐車場［屋外・昼］
人物—岳媛、青山

荷物を背負って広場を歩く青山。

目の前を一台の大きなボルボが通り過ぎていく。

車の窓がゆっくりと下がると岳媛の深い色をした瞳が見え、長い髪が揺れている。

その美しい顔を見た瞬間、青山の中ですべての音が消え、時間がゆっくりと止まった。

呆然と立ち尽くしたまま岳媛の顔を見つめる青山。岳媛も何気なく人ごみの中の青山を見つける。二人の視線が合った時、火花がはじけ、千年の時空を越え、大地に飛ばされたような錯覚が起こる。

車の中で劉団長が岳媛にティッシュを渡すのが見えた。その瞬間、時間が動き出す。青山は車に近付こうとするが、車はどんどん遠ざかり、岳媛の顔も見えなくなってしまう。

ぼんやりした表情でティッシュを受け取る岳媛。青山の顔はもう見えなくなっていた。

74.

ボルボの車内［屋内・昼］

人物―岳媛、蘭蘭

岳媛の心は遠い彼方へと飛んでいた。

蘭蘭が、岳媛の具合が悪いのではないかと心配して声をかける。

（岳媛の記憶のシーン）

太真宮の庭園の中央。心は波打ち、鼓動が激しくなる。目の前を自分が飛びながら舞っている幻覚を見る。岳媛は何かを思うように考え続けている。

75.

太真宮の庭園［屋外・昼］

人物―青山

階段を急いで上る青山。太真宮に到着する。それは林思遠がはじめて玉媛の舞を見た庭園の中央だった。空気を思い切り吸って目を閉じると、玉媛の舞い姿が見えたような気がするが、すぐにかき消されてしまう。

76.

荒野［屋外・昼］

人物―青山、親切な運転手

砂埃が舞う中、若き芸術家青山がジープから降りてくる。

親切なジープの運転手に礼を言うと、車はそのまま去っていく。歩きはじめる青山。
山を越えると、下ににぎやかな観光地が見える。敦煌の莫高窟だ。

77.
莫高窟チケット売り場［屋外・昼］
人物―青山
リュックから水を取り出す。水を飲みながらチケット売り場の列に並ぶ。
すでに見学を終えて洞窟から出てくる観光客の話し声が耳に入る。
「古すぎて何だかさっぱり分からないね」
期待に胸ふくらませながら入っていく青山。

78.
莫高窟［屋内・昼］
人物―青山
字幕―青山は十八日間莫高窟にとどまった
（いくつかのシーン）
青山が世界中から訪れた観光客を眺めている。話をしながら笑う人、騒ぐ人、写真や動画を撮影する人、一生懸命見る人、適当に通り過ぎていく人。
青山はひたすら壁画を見つめている。ときどき高性能の望遠鏡を使い細部を見る。

長い時間を経てなお人を魅了する飛天や八塔の図をただひたすら見続けている。時々、誰かにシャッターを押してくれと頼まれるが、レンズのむこうに見える壁画に心を奪われ、シャッターを押すことすら忘れそうになる。

青山はひたすら壁画を見るだけで、記録したりスケッチすることはおろか、写真さえも撮らなかった。

突然涙が流れることもあったが、感動して泣いているのか、それとも目が疲れて涙が出ているのか、他人からは分からない。青山は時々こっそりと微笑むことさえあった。

第一七二窟の『西方浄土変』の壁画を前にして、青山は夢見心地で心から驚きを感じていた。

飛天の顔のクローズアップ（玉媛の顔）。彼は眉を寄せながら何度も見る。どこかで見たように感じる青山。

同時に無数のシーンが目の前で展開する。舞い踊る飛天の姿、砂漠の黄色い砂、西方の高僧、いろいろなことが頭をよぎる。

（回想）79．**オフィス［屋内・昼］**

人物—青山、呉館長

呉館長がオフィスの大きなデスクの向こうで微笑みながら青山の回答を待っている。

青山が真剣な表情で言う。

「是非やってみたいと思います」

となりで聞いていた呉館長がほっとしたように何かを言おうとする。

それをさえぎるように青山が続ける。

「ただし、お願いが二つあります」

呉館長が怪訝な顔をする。

「えっ？」

青山「一つは、石窟壁画の製作はすべて私に一任していただくということ。もう一つは、何を描くかは私が決めるということです」

呉館長が、さきほど青山に見せたプランに目をやる。それは中国の大河や山の風景だった。呉館長が笑いながら言う。

「失礼ですが、それは無理というものでしょう」

かたくなな表情の青山。

（回想）80.　**北京懐柔区旅行局の入り口〔屋外・昼〕**

人物―青山

北京懐柔区の旅行局から青山が出てくる。

（回想）81.　**懐柔石窟観光の記者会見〔屋内・昼〕**

人物―青山、呉館長、数人の記者

着慣れないスーツに身をかためた青山が、幹部たちの列の中央にいる。

呉館長が壇上に上がる。たくさんのフラッシュがたかれる。

呉館長が大きな声で宣言する。

「北京懐柔石窟が、今年の十月一日の国慶節から正式に一般公開されることとなりました。多くのご来場をお待ち申しあげております！」

フラッシュの嵐。

呉館長が青山を壇上に招き、観光イベントの目玉となる壁画の画家として紹介する。

さらにフラッシュがたかれる。

記者が質問する。

「青山さん、今回どのような壁画を製作されるのか、差し支えなければ教えていただけますか？」

考え込む表情の青山。呉館長が期待を込めた目で青山を見やる。

青山がマイクに不慣れな様子で口を開く。

「まだ考えていません」

場内が騒然となる。

呉館長は笑いながら
「つまり、お教えできないということです。ハハハ」と、その場をとりつくろい、青山に対して席に戻るよう指示する。

他の記者が質問する。

「青山さんは大変お若い芸術家でいらっしゃるが、これまでに壁画などの大きな作品を手がけられたことはありますか？」

青山が冷静に答える。

「ありません」

再び場内が騒然となる。

呉館長があわてて
「とはいえ……」と言うと、青山がそれをさえぎるようにマイクに向かって話す。

「しかし、私は描いたことがあるような気がするのです」

場内がざわつく。記者たちが次々に口を開く。

「描いたことのある気がするってどういうことだ？」

「彼は若すぎるよ」

「いったい何を言っているんだ？　おかしなヤツだ」

「まったく芸術家っていう人種は……」

呉館長が青山を引っぱって席に戻す。

82.

莫高窟［屋内・夜］

人物―青山、莫高窟の管理スタッフ

シーン78に続き、青山が微笑んでいる。そのうち、声を立てて笑い出す。

莫高窟の観光客がだんだん少なくなり、管理員が声をかける。

「青山さん、もう閉めるから帰ってください」

考えごとをしていた青山の意識が少しずつ戻ってくる。荷物をまとめ、外へ出る。管理員に声をかける。

「長いこと世話になったね」

仕方ないというように答える管理員。

「世話なんてしてないよ。明日はもう来ないでくれよ」

「分かったよ」笑いながら答える青山。

管理員「本当に来ないのかい？」

振り返りもせず、大またで歩きながら青山が大声で叫ぶ。

「ハハハ。長くいすぎたよ」

管理員がつぶやく。

「そのとおりだよ。もう十八日間になる。給料でも払ってやろうか？　まったく」

青山がつぶやく。

「何もなしとげていないのに、時はあまりに早く過ぎ去ってしまう」

83. **機内〔屋内・昼〕**
人物—青山
飛行機の中で眠る青山。窓の外の雲が莫高窟の壁画の女性に変化し、雲間を行き来する。
これが青山の見ている夢なのかどうかはさだかではない。

84.　**北京首都国際空港［屋内・昼］**

人物―青山

空港から出てくる青山。空に浮かぶ雲を見上げた後、早足で去っていく。

85.　**懐柔石窟［屋内・夜］**

人物―青山、青山のアシスタント

アシスタントたちが手際よく青山の仕事を手伝っている。顔料を調合する者、足場を組み立てる者、ごみや材料の残りを片付ける者。

青山はプログラミングされた機械のように、ひたすら集中して描き続ける。

86.　**懐柔石窟の外［屋外・夜］**

人物―呉館長、石窟を警備する管理員

石窟を警備する管理員が、中に入ろうとする呉館長を止める。

「どうかご勘弁ください。入っていただいては困るのです。許可がない限り誰も通すなと青山さんに言われているのです」

呉館長「だったら、私が来たと彼に伝えてくれ」

管理員「実は、特に館長だけは入れないでほしいと言われておりまして」

呉館長「何だと？　そんな話があるか！」

管理員が笑う。

「どうか怒らないでください。どうしてもと言うなら、私を殺してからお入りください」

あきらめた表情の呉館長。

「まったく……仕方ないな。後で誰かに夜食を届けさせよう」

管理員「はい。ありがとうございます」

呉館長「お前の分はないぞ」

87. **懐柔石窟〔屋内・昼〜夜〕**
人物—青山、青山のアシスタント
青山とアシスタントたちが昼夜を問わず働き続けている。時には順番に睡眠をとり、時には全員が一斉に睡眠をとる。青山だけが一人起きて描いていることもある。

中には体調を崩す者や洞窟を出る者もいる。新しく補充されるスタッフもいれば、食事や水、くだもの、薬などを持ってくる者もいる。

青山の髪とひげがどんどん長くなる。顔も衣服もすっかり汚れている。

字幕—八十一日後

未開人のようになった青山と、同じく未開人のようになったアシスタントたちが丸くなって会議をしている。アーウーと、まるでわけの分からない言葉で話している。その後アシスタントたちが外へ出て行く。

一人になった青山が大瓶の牛乳をがぶがぶと飲む。牛乳がひげをつたって流れ落ちる。

88. **オフィス［屋内・昼］**

人物—呉館長、懐柔石窟の管理員

管理員がオフィスに飛び込んでくる。驚く呉館長。

息を切らせた管理員が言う。

「青山さんが……青山さんが消えました」

呉館長「何だって？」

89. **太真宮観光スポット［屋外・昼］**

人物—青山、岳媛

ひげを短く剃り、長髪を束ねた青山が観光客に混じって歩いている。

太真宮の中ではガイドがこの場所の歴史、とくに楊玉環に関する逸話を解説している。

何かを考え込みながら太真宮の前に立つ青山。

階段を上がっていく途中で誰かがぶつかってくる。それは岳媛だった。彼女は「ごめんなさい」と言ったが、青山にはまったく聞こえていなかった。

90.

懐柔石窟観光の記者会見会場［屋内・昼］

人物—呉館長、数名の記者

懐柔石窟の一般公開まであと一週間ということで開かれた記者会見。壇上にいるのは呉館長。

思い入れたっぷりに記者たちに語る呉館長。

「おかげさまで準備は予定どおり進んでおります。このまま行けば、一週間後には観光客の皆さんに向けて一般公開できるはずです」

記者が質問する。

「壁画の製作も順調ですか？　内容についてはまだお話しいただけないのでしょうか」

呉館長が笑顔で答える。

「もちろん順調です。内容については、今はまだ秘密ということにしてください。ハハハ」

他の記者が質問する。

「青山氏はなぜお見えにならないのです？　まだ壁画の製作中なのですか？」

呉館長が笑いながら答える。

「それも秘密ということで」

91.　**懐柔石窟入り口〔屋外・昼〕**

人物―呉館長、その他の幹部

幹部たちの求めで、呉館長が彼らを引き連れて懐柔石窟にやってくる。
管理員が緊張した面持ちで迎える。
呉館長と管理員は一瞬視線を合わせるがすぐにそらした。

92.　**懐柔石窟〔屋内・昼〕**

人物―呉館長、その他の幹部、青山のアシスタントたち

青山のアシスタントが隅の方で待っている。
呉館長と幹部らが石窟の中に入ってくる。壁画に圧倒される幹部たち。
少し得意げな表情の呉館長。
壁画の飛天の顔に青い布がかけてあるのを見つけた幹部が呉館長に質問する。
「あれは何だね？」
呉館長「飛天の女性の顔が未完成なのです」

他の幹部　「まだ一週間あるからね」
呉館長　「青山氏も大丈夫だと言っております」
他の幹部　「青山氏はどこだね？」
呉館長　「お休み中ですよ。インスピレーションが下りてくるのを待っているのでしょうな。ハハハ」
　幹部たちが
「急いでくれたまえよ」と言い、さらに青山のアシスタントたちに告げる。
「懐柔区の市民を代表して君たちにお礼を言うよ。本当にご苦労だった」

93.　**宿舎〔屋内・昼〕**
人物―呉館長、青山のアシスタントたち
　アシスタントたちの宿舎。呉館長がお願いとも命令ともとれる口調で言う。

「早く教えてくれ。青山氏はどこにいるんだ？」

　誰も答えない。

　呉館長がさらに大きな声を出す。

「こうなったら誰でもいい。彼が戻らない場合は、誰かが描いてくれ」

アシスタントの一人が答える。

「我々には描けません」

呉館長「なぜだ？　女の顔を描けばいいんだ。美人に描けばそれですむだろう」

他のアシスタントが答える。

「我々には無理です」

呉館長「いい加減にしろ！　今すぐ行って描くんだ」

皆が呉館長に口を揃えて言う。

「我々には描けません」

94.　**オフィス［屋内・夜］**

人物—懐柔石窟の管理員、呉館長

管理員がオフィスに飛び込んでくる。デスクにつっぷして寝ていた呉館長が驚いて飛び起き、口もとのよだれを拭く。

息を切らせながら管理員が言う。

「戻ってきました……青山さんが戻ってきました」

呉館長が飛び上がり、管理員を押しのけて部屋を飛び出す。

95.

懐柔石窟へ向かう道［屋外・夜］

人物―懐柔石窟の管理員、呉館長

夜道を走る管理員と呉館長。石窟に到着した時、管理員が呉館長の前面に飛び出す。

二人とも息が切れている。管理員が手を振り、やっとのことで声を出す。

「呉館長、入ってはいけません」

怒った呉館長が抑えた声で

「貴様……どくんだ。青山のヤツ……」と言いながら中へ入っていこうとする。

管理員が力ずくでそれを引き戻す。

「入るなら……私を殺してからじゃなきゃ……だめですよ」

肩で息をしながら管理員を見つめる呉館長。

肩で息をしながら呉館長を見つめる管理員。

呉館長「職務に忠実だな。恐れ入ったよ。明日、正規の職員になる辞令を出してやろう」

管理員があえぎながら答える。

「ありがとうございます……呉館長」

96.

懐柔石窟［屋内・夜］

人物—青山

石窟の中で一人作業をする青山。

自分で顔料を練る。

足場の一番高い所に上る。

顔の部分にかけてあった青い布を取る。

97.

懐柔石窟観光地の除幕式［屋外・昼］

人物—青山、呉館長、幹部たち、青山のアシスタントたち、メディアの記者

懐柔石窟がはじめての観光客を迎える。

簡単な記者会見のあと、幹部とメディア関係者、そして観光客たちが石窟に向かう。

呉館長が小声で青山に聞く。

「どうだね。自信のほどは？」

青山が笑う。

「神からインスピレーションをもらいました」

呉館長の額に汗が流れる。

98.

懐柔石窟〔屋内・昼〕

人物―青山、呉館長、幹部たち、青山のアシスタントたち、メディアの記者

そこにいた全員が、『西方浄土変』の大きさと精緻な美しさに息を呑む。

誰もが目を見開き、口をあけている。何秒間もシャッターを切ることさえ忘れている記者たち。まるで時間が止まったかのようだ。すべての人間が平等になり、憂いが消え去ったかのような気持ちになる。

人々が青山に声をかけようとした時、青山はすでにいなくなっていた。

99.

青山の寝室〔屋内・昼〕

人物―青山

青山が一人、寝室でお茶を飲んでいる。

壁に掛けられたカレンダーを見ると、今日の日付に赤いしるしがついている。

100.

懐柔石窟のチケット売り場〔屋内・昼〕

人物―青山

青山がチケット売り場の隣に立って、チケットを求める人々を見ている。一人一人の女性の顔を見逃すまいとしている。

字幕―九十七日目

101.

北京首都国際空港［屋外・夜］

人物―岳媛、劉団長、蘭蘭

劉団長が団員を引き連れて歩く。岳媛や蘭蘭をはじめ、メンバーたちが荷物を引きずりながら空港から出てくる。

岳媛や劉団長より興奮している様子の蘭蘭。

「ねえ、夕食はどこに行くの?」

102.

ホテル［屋外・夜］

人物―岳媛、劉団長、蘭蘭

劉団長、岳媛、蘭蘭が次々に車から降りてホテルに入っていく。

ホテルには〝熱烈歓迎　陝西歌舞団北京公演〟の横断幕がかかげられている。

103.

ホテルの部屋［屋内・夜］

人物―岳媛、蘭蘭

同じ部屋に宿泊する岳媛と蘭蘭。二人は荷物の整理をしている。

蘭蘭「ねえ、どうして私と同じ部屋でいいって言ったの？　岳媛さんクラスの人なら、個室だってもらえるのに」

岳媛が笑う。

「私と一緒じゃ不満？」

蘭蘭「まさか。岳媛さんと一緒が一番よ」

岳媛「急ぎましょう。食事に連れて行ってあげるわ」

蘭蘭がわざと不満そうに言う。

「劉団長は一緒じゃないの？」

岳媛「一緒じゃないわ」

104.

全国政協礼堂〔屋内・昼〕

人物——劉団長、岳媛、蘭蘭、その他のダンサー

舞台稽古の最中。

劉団長と岳媛の息がぴったりと合っている。

劉団長からは、岳媛への想いが感じられる。

岳媛は踊ることだけに集中している。

一番近くにいる蘭蘭は、後ろから見ていてそれをはっきりと感じとる。

105. **ホテルの廊下［屋内・夜］**

人物─劉団長、岳媛、蘭蘭

岳媛と蘭蘭が部屋へ戻ろうと歩いていると、劉団長が声をかける。

「明日は本番だ。しっかり頼むよ」

岳媛と蘭蘭がうなずく。

劉団長「あとで一緒に食事をしないか」

蘭蘭が「もちろん」と応じると同時に岳媛が「ごめんなさい」と断る。

気まずい雰囲気の中、蘭蘭が慌てて岳媛の後を追って部屋に入る。

106. **ホテルの部屋［屋内・夜］**

人物─岳媛、蘭蘭

蘭蘭「さっきはごめんなさい」

岳媛「いいのよ。私は少し気分が悪いから、あなたは劉団長と一緒に食事に行って」

蘭蘭「分かったわ」

岳媛が水を飲む。

蘭蘭「ねえ、あの車がまた来てるわ」
驚いた岳媛が危うく水を吐き出しそうになる。
「何ですって?」
蘭蘭「いつもうちのビルの下に停まっているあの車よ。岳媛さんに会うために張さんがわざわざ車をよこしているというもっぱらの噂よ。だけど、西安から北京まで来るなんて信じられないわ」
岳媛「本当なの? 見間違いじゃない?」
蘭蘭「間違いないわ」
(回想)―西安にある歌舞団の敷地内の建物の下に、いつもの黒い高級車が停まっている。窓も扉も真っ黒で、ナンバープレートさえない。
岳媛「ただの噂よ。だいたい私は約束したこともないし、張さんに会ったこともないわ」
蘭蘭「ええ、きっと何かの間違いね。あまり気にしない方がいいかも」
岳媛がきっぱりと言う。
「気にしてなんかいないわ。私はこういう話が嫌いなの」
蘭蘭「怒らないで。そういう意味じゃないのよ」
岳媛がカッとなる。

「蘭蘭、いい加減にして。出かけるならさっさと出かけてちょうだい。まったく」

蘭蘭も怒って出て行く。

水を一気に飲み、大きな音をたててグラスを置く岳媛。

107.

ホテル［屋外・夜］

人物─蘭蘭、岳媛

おしゃれをした蘭蘭がホテルの正面玄関から出て行く。

黒い車に向かって歩く。

たくさんの目が自分に注がれている気がして、車までの道が長く感じられる。セクシーで若い自分が、謎の高級車に向かうのをみんなが見ているのだ。

蘭蘭は車の前まで行き、ノックをするか迷う。

蘭蘭が躊躇していると車の後部ドアが開く。覚悟を決めて乗り込む蘭蘭。

車は一分ほどそのまま停車した後、蘭蘭を乗せたまま走り出した。

窓からその様子を見ている岳媛。

108.

全国政協礼堂［屋内・夜］

人物─劉団長、岳媛、蘭蘭

公演がはじまる。

劉団長と蘭蘭がリードを取る。岳媛がバックで踊る。

109.

メイクルーム〔屋内・夜〕

人物―岳媛

岳媛が化粧を落としている。隣に蘭蘭はいない。

鏡の中の岳媛が少しずつ素顔に戻っていく。

携帯電話にメッセージが届く。内容は携帯電話向けのニュース。（文字を表示）―〝懐柔区の石窟の一般公開から間もなく百日。来場者数がピークを迎える見込み。〟二つ目のニュース〝西安の歌舞団が北京の政協礼堂で『霓裳羽衣』を公演。若手ダンサー周蘭蘭が話題に。〟

110.

懐柔石窟のチケット売り場〔屋外・昼〕

人物―岳媛、チケット販売員

ゆっくりとチケット売り場に近付く岳媛。

窓口にお金を出す。

「一枚ください」

販売員がお金を受け取り、チケットを一枚差し出す。

しかしこの時、青山はもういない。

111.

懐柔石窟［屋内・昼］

人物―岳媛、スタッフ

岳媛がゆっくりと石窟の中に入る。『西方浄土変』の空に舞う飛天の女性を見る。

驚く岳媛。その女性の顔は自分の顔だった。

近くにいるスタッフをつかまえて尋ねる。

「誰が描いたの？　この絵を描いた人を教えて」

112.

チケット売り場［屋外・昼］

人物―岳媛、チケット販売員

チケット売り場へ走る岳媛。中をのぞき込んで販売員に叫ぶ。

「青山さんは？　青山さんはどこ？」

他の客がどなる。

「割り込むな。ちゃんと並べよ！」

岳媛「あなたが青山さん？」

あわてて答える販売員。

「違います。青山さんは部屋にいますよ」

113.

青山の寝室〔屋内・昼〕

人物―青山、呉館長

カレンダーには今日が百日目であることが赤い字で書かれている。

荷物を整理する青山。どうやらここを出て行こうとしているらしい。

ドアが開く。立っていたのは岳媛ではなく呉館長。

呉館長「それがいい。芸術家がいつまでもこんな所にいるもんじゃない。どうして百日分のチケットを買ったのかは知らないが、これからだっていつでも好きな時に来てくれていいんだ」

青山「もう用はありません。出て行きますよ」

呉館長「そうですか。たまには連絡をくださいよ。親愛なる芸術家先生！」

二人は外へ出る。

114.

青山の寝室［屋外・昼］

人物―岳媛

部屋の前まで走ってきた岳媛。身なりを整えて、急いでドアをノックする。
もう一度ノックするが、返事がない。

115.

山道［屋外・昼］

人物―青山

リュックを背負った青山が、山間の広い道を歩いている。
遠くから追いかけてくる岳媛。

116.

莫高窟［屋内・夜］

人物―林思遠

時は遡り、唐の時代へ。
林思遠がとうとう『西方浄土変』の壁画を完成させる。
飛天の女性の顔は玉媛（現在の岳媛）。

117.

莫高窟［屋外・夜］

人物—玉媛
玉媛が莫高窟の入り口で壁画を守りながら、幸福を祈りにやってくる人々を迎えている。
多くの人が涙を流す。中には跪いて地に頭をつける者もいる。

118. 莫高窟［屋内・昼］
歳月が流れる。
黄色い砂が舞い、飛天の女性の顔が崩れ落ち、風に吹かれて散っていく。
莫高窟の壁画がだんだんと色あせ、絵も不鮮明になっていく。

119. 莫高窟［屋外・昼］
人物—玉媛
時が過ぎ、年老いた玉媛が莫高窟の外で、列を作る芸術家たちに飯を盛っている。
壁画の顔がなくなり、いつか玉媛もまた倒れて起き上がらなくなる。

120. 莫高窟［屋内～屋外・夕暮れ］
人物—青山、岳媛
巨大な『西方浄土変』の壁画の下で、青山が模写をしている。

洞窟の入り口に立つ岳媛が青山に温かいまなざしを向けている。彼女はまるで彫刻のように動かない。

字幕――画家の青山は舞踏家岳媛に見守られながら、飛天の絵を一つ一つ写し取り、それを懐柔石窟の壁に描いた。敦煌と北京を行き来しながら、模写しては描くことを一生続けたのだった。

(完)

訳者後書き

近年、中国経済はかってなかったほどの発展を遂げている。国の経済全体の急速な工業化とともに、国内の都市化は想像を絶するスピードで進んでいる。日本などの工業国と比べればまだまだ多くの面で立ち遅れているものの、大衆の物質的な生活水準は大幅に改善されている。多くの自家用車、高級住宅、全国各地で建設されている新空港、高速道路、スーパーマーケット、ショッピングモールで目にする商品の多様さ、豊富さに驚かない外国の観光客はいないだろう。

日進月歩の経済的発展と平行して、中国人の精神世界においてもこれまでなかった、多様かつ劇的な変化が生じている。こうした精神世界における変化は、中国の将来に対し、その経済的発展以上に大きな意義を持つことになるだろう。したがって、中国の今後を予測するときには、さまざまな経済指標に注目するだけでなく、中国人の心理的世界の変化をも深く理解する必要がある。現代中国の著名な作家である王海平の作品は、我々にその得がたい機会を与えてくれるものだと考えている。

作者・王海平の作品では、その独特の「談心」という手法により、ささやくように、流れるように過去、そして現代の中国において起きた物語がつづられていく。これらの物語は、現代の物質文明と中国の悠久の歴史、伝統文化との衝突を描いている。過去のできごとへの追憶の中に、現代に生きる中国人の、自らの歴史、文化、道徳そして人生観に対する再認識を表現している。別の角度から見れば、中国人の近年の精神世界における探求を再現しているのである。

私は王海平の作品を読むたび、ほかの多くの中国の作品との違い、独特のスタイル、歯切れよい軽妙な筆致に感銘を受けるのである。この場を借りて皆さんに王海平の代表作「かの地」、「母語」などを推薦したい。皆さんにはこれらの作品を通じ、私が感じたのと同じ感動を味わうとともに、皆さんの隣人である中国人の精神世界にいま、どのような劇的な変化が生じつつあるのかについて理解を深めていただければと思う。

そして最後に……この本を世に出してくださった白帝社編集部佐藤多賀子編集長、岸本詩子さん、その他この本の出版に関わってくださった多くの方々、いつも支えてくれている最愛の夫と娘たち、そしていまこの本を手にして読んでくださっているあなた。皆さんに感謝の気持ちでいっぱいです。

北都はる

初出一覧

かの地　《那里》

母　語　《母语》

莎草堀　《莎草垣》

以上、エッセイ・小説集《那里》（中国书店　二〇〇八年四月）

脚本　母語《母语》（新剧本杂志　二〇一〇年八月）

飛天伝奇《飞天传奇》（新剧本杂志　二〇〇九年八月）

著者紹介

王海平

中国北方交通大学修士修了。哲学教授、詩人、作家。北方交通大学共産主義青年団書記、中国共産主義青年団北京市委員会副書記兼北京青年新聞社総支部長、首都青年編集記者協会副会長、北京市農工業委員会副書記、北京延慶県委書記を歴任。現在、中国共産党北京市委委員、北京懐柔区委員会書記、第17回中国共産党大会代表に就任。

［主要文学作品］

映画：《母语》、《飞天传奇》、《法医日记》
エッセイ・小説集：《那里》
詩集：《行者歌吟》
長詩：《爱的旋律》、《青春之歌》、《长城组诗》など
作詞：《心的旅程》、《无玫瑰的夜晚》、テレビドラマ《好山好水》、《劫梦》、《草根王》主題歌など。

［主要論文］

1．"田园文化经济"——都市农村经济的哲学分析
2．论贯彻科学发展观与构建和谐社会的辩证关系
3．从广东看文化市场体系建设——广东文化产业调查报告
4．我国历史发展道路的特点
5．以改革创新为核心的时代精神是中国现代化的文化动力

［主要研究課題］

農村都市化問題研究（2005年）
文化産業に関する政策研究（2006年）
農村社会における管理サービスシステムの構築（2007年）
区域核心の競争力問題研究（2008年）
現場の党の組織改革について（2009年）

［手掛けたプロジェクト］

2008年、懐柔県にアジア最大の映画撮影基地の建設
2010年、アメリカブロードウェイミュージカル《Race for love》懐柔での上演
2011年、昆曲《紅楼夢》中国国家大劇場での上演

著者
王　海平

訳者
北都はる
筑波大学卒。Panasonic 退社後、現在オーシャン・ブリッジ株式会社代表取締役。
北川　遙
日本大学卒。フリー翻訳者。

かの地――那里

2011年9月9日　初版印刷
2011年9月14日　初版発行

王　海平――著者
北都はる・北川　遙――訳者
佐藤康夫――発行者
白 帝 社――発行所

〒171－0014　東京都豊島区池袋2－65－1
TEL：03-3986-3271　FAX：03-3986-3272
http://www.hakuteisha.co.jp/

宇佐美佳子――カバー・扉デザイン
モリモト印刷㈱――製版・印刷・製本

 ISBN978-4-86398-084-6